KB270070

# 학마을 사람들

학마을 사람들

2011년 12월 25일 발행

지은이_ 김유정
펴낸이_ 박준기
펴낸곳_ 도서출판 맑은소리
주소_ 서울시 금천구 가산동 550-1 롯데 IT캐슬 2동 1206호
전화_ 02-857-1488
팩스_ 02-867-1484
등록_ 제10-618호(1991.9.18)

ISBN 978-89-7952-150-4 03810

24
다시읽는 이범선

# 학마을 사람들

맑은소리

## 추천의 말_ 문학, 지성과 품성을 만드는 생명의 언어

**허병두**(서울 숭문고 교사, 교육부 독서교육발전자문위원회 위원, EBS FM '책과의 만남' 진행자, '책으로 따뜻한 세상 만드는 교사들' 대표)

문학작품은 우리네 삶을 들여다보는 거울이다. 그 거울은 작가의 예리한 통찰력과 풍부한 상상력으로 닦여져 읽는 이의 눈을 예리하게 틔워주고 그윽하게 만든다. '자, 세상은 이런 거야. 그리고 삶은 이렇게 사는 거야.' 빛나는 거울 속에서 퉁겨져 나온 언어들이 세상과 인생의 깊은 속내를 전해준다. 때로는 깊은 생각에 턱을 고이게 하고, 때로는 격렬하게 가슴을 적셔오는 언어들……. 문학은 바로 이러한 언어들의 축제다.

그래서 문학작품은 영혼이 푸른 시절에 읽으면 더욱 좋다. 잔잔한 아침바다 위에 떠오른 해류들이 먼길을 떠날 채비를 서두르며 뒤척이듯이, 문학작품은 삶이라는 망망대해로 떠나가는 작은 조각배를 생기롭게 한다. '그래, 이쪽으로 가는 거야. 바로 여기가 삶의 보물이 묻혀 있는 곳이지.' 이처럼 문학작품은 푸른 영혼들의 삶에 방향을 제시하며 인생을 풍요롭게 해준다.

그런 측면에서 볼 때 도서출판 맑은소리의 한국 대표작가 문학선집 '다시읽는 명작 시리즈'는 청소년들이 읽기에 안성맞춤이다. 명작이라고 그저 활자들의 감옥처럼 만들어 딱딱하고 고압적인 느낌이 들게 했던 종래의 책들과는 달리 이제 막 세상에 눈을 뜨는 청소년 독자들이 읽기 좋게 여러모로 배려되어 있다.

1920~1930년대의 문학작품들에서 출발하여, 1920년 이전의 근대문학부터 최근의 현대문학에 이르기까지 계속해서 폭넓게 기획·출간될 이 시리즈는 특히 원전을 고스란히 살리되 해당 작가의 작품 세계를 대표하는 엄선된 작품들, 그리고 작품의 깊은 속내를 충분히 이해하고 즐길 수 있도록 그려진 삽화들 덕분에 책을 읽고 난 독자들은 그 작가의 나머지 작품 세계까지도 파고들고 싶은 욕심이 날 듯싶다.

문학은 생존 이전에 인간이 지녀야 할 지성과 품성을 만들어주는 생명의 언어들이다. 모쪼록 여러분의 삶을 늘 지켜주고 밝혀줄 생명의 언어들을 '다시 읽는 명작 시리즈'에서 만나기를 바란다. 여러분이 책갈피를 넘기며 만나게 되는 빛나는 언어들은 어느 험한 굽이에서 여러분을 굳게 잡아줄 것이다.

차례

# 학마을 사람들

　자동차 길에 가재도 오르는 데 십 리, 내리는 데 십 리라는 영(嶺)을 구름을 뚫고 넘어, 또 그 밑의 골짜기를 삼십 리 더듬어 나가야 하는 마을이었다.

　강원도 두메의 이 마을을 관(官)에서는 뭐라고 이름 지었는지 몰라도, 그들은 자기네 곳을 학마을[鶴洞]이라고 불렀다.

　무더기무더기 핀 진달래꽃이 분홍 무늬를 놓은 푸른 산들이 사면을 둘러싼 가운데 소복이 들어앉은 일곱 집이 이 마을의 전부였다. 영마루에서 내려다보면 꼭 새둥우리 같았다. 마을 한 가운데에는 한 그루 늙은 소나무가 섰고, 그 소나무를 받들어 모시듯, 둘레에는 집집마다 울안에 복숭아꽃이 활짝 피어 있었다.

　때때로 목청을 돋우어 길게 우는 낮닭의 소리를 받아, 우물가 버드나무 밑에서 애들이 부는 버들피리 소리가 피리피리 필릴리 영마루(고개의 맨 꼭대기)에까지 타고 피어올랐다.

이 학마을 이장 영감과 서당의 박 훈장은 지팡이로 턱을 괴고 영마루에 나란히 앉아 말없이 마을을 내려다보고 있었다.

그들은 둘이 다 오늘 아침, 면사무소 마당에서 손자들을 화물 자동차에 실어 보내고 돌아오는 길이었다. 왜놈들은 끝내 이 두메에서까지 병정(兵丁)을 뽑아내었던 것이다.

두 노인의 흐린 눈들은 꼭 같이 저 밑의 마을 한가운데 소나무를 물끄러미 내려다보고 있었다. 그들은 아침부터 지금 낮이 기울도록 삼십 리 길을 같이 걸어오면서도 거의 한마디도 말이 없었다.

이윽고 이장 영감이 지팡이와 함께 쥐었던 장죽(長竹: 긴 담뱃대)으로 걸터앉은 바윗등을 가볍게 두드리며 입을 열었다.

"학이 안 오는 지가 벌써 삼십 년이 넘어."

"그렇지, 올해 삼십육 년째가?"

박 훈장은 여전히 마을을 내려다보는 채였다.

"내가 마흔넷 나던 해니까, 그렇군. 꼭 서른여섯 해째군. 하……."

이장 영감은 장죽에 담뱃가루를 담으며 한숨을 쉬었다. 또 다시 그 느릿느릿한 잠꼬대 같은 대화마저 끊어졌다.

꼬꼬—

또 한 번 마을에서 닭이 울었다. 다음은 고요하다. 졸리도록 따스한 봄볕이 흰 무명 주의(周衣:두루마기) 등에 간지러웠다. 이장 영감은 갓끈과 함께 흰 수염을 한 번 길게 쓸어내렸다.

마을. 얼마나 아름답고 포근한 마을이었노.

이장 영감은 어느새 황소 같은 더벅머리 총각으로 돌아가, 이글이글 타오르는 화톳불(한데다가 장작 따위를 모으고 질러 놓은 불)을 돌며 덩실덩실 춤을 추고 있었다.

옛날, 학마을에는 해마다 봄이 되면 한 쌍의 학이 찾아오곤 하였었다. 언제부터 학이 이 마을을 찾아오기 시작하였는지는 아무도 모른다. 어쨌든 올해 여든인 이장 영감이 아직 나기 전부터라 했다. 또 그의 아버지가 나기도 더 전부터라 했다.

씨 뿌리기 시작할 바로 전에 학은 꼭 찾아오곤 했었다. 그러고는 정해 두고 마을 한가운데 서 있는 노송(老松) 위에 집을 틀었다. 마을 사람들은 이 노송을 학나무라고 불렀다.

학이 돌아온 날은 학마을의 가장 큰 잔칫날이었다. 학나무 밑에선 호기롭게 떡을 쳤다. 서당에는 어른들이 모여 앉아 술상을 앞에 놓고 길고 느린 노래를 흥얼흥얼하였다. 그러나 가장 즐겁기는 젊은이들이었다. 이 마을 젊은이들이 마음 놓고 술을 마실 수 있는 날은 이날뿐이었다. 그 외에는 혼인 잔치에서까지도 젊은이들은 술을 마셔서는 아니 된다는 것이 이 학마을의 율법이었다. 그

날은 밤이 깊도록 학나무 밑에 화톳불이 이글이글 탔다. 아직 추운 삼월이라 불가에 둘러앉은 젊은이들은 탁배기('막걸리'의 경상도 사투리, '막걸리'의 북한어)를 사발로 마구 들이켰다. 그러면 마을 처녀들은 이 억배('억병'의 사투리. 술을 한량없이 마시는 모양)로 마셔 대는 탁배기와 안주를 떨어지지 않게 날라야 했다. 그런 때면, 그 처녀가 화톳불을 싸고 빙 둘러앉은 청년들 중에 누구의 어깨너머로 술이나 안주를 넘겨 놓는가가 문제였다. 처녀가 술이나 안주를 누구의 어깨너머로 살짝 넘겨 놓으면, 그때마다 일제히 와 하고 함성을 올렸다. 술에 단 젊은이들의 검붉은 얼굴들이 와그르르 웃으면, 처녀들은 불빛에 빨가니 단 얼굴을 획 돌려 치마폭에 쌌다. 그때, 탄실이는 꼭 억쇠—지금 이장 영감의 어깨 너머로 듬뿍듬뿍 안줏거리를 날라다 놓곤 하였다. 그러면 또, 와아 함성을 올렸다. 억쇠는 슬쩍 뒤를 돌아보았다. 탄실이는 긴 머리채를 흔들며 달아나면서도 억쇠를 향하여 눈을 흘기기만은 잊지 않았다. 억쇠는 그저 즐거웠다. 취기가 올라오기 시작하면 억쇠는 일어나 춤을 추었다. 젓가락으로 두들기는 사발 장단에 맞추어 덩실덩실 돌았다. 어느 해엔가는 잔뜩 취하여 잠방이(가랑이가 무릎까지 내려오도록 짧게 만든 홑바지) 띠가 풀린 것도 모르고 춤을 추다 웃음판에 그대로 나가넘어진 일도 있었다.

학으로 하여 즐거운 이야기는 마을 처녀들에게도 있었다.

처녀들도 역시 학이 좋았다. 그네들은 물을 길러 뒷산 밑 박우물로 갔다. 그러자면 꼭 학나무 밑을 지나가야 했다. 그런데 어쩌다 학의 똥이 처녀들의 물동이에 떨어지는 일이 있었다. 그러면 그 처녀는 그해 안에 시집을 간다는 것이었다. 그래서 나이 찬 처녀들은 물동이를 이고 학나무 밑을 거닐 때면 걸음걸이가 더욱 의젓하였다. 한 해에 한둘은 꼭 물동이에 흰 학의 똥을 받았다. 그리고 그들은 틀림없이 그해 안에 시집을 가곤 하였다.

탄실이가 시집을 가던 해에도 그랬다. 물방앗간 옆 대추나무 밑에서 자근자근 빨간 댕기를 씹으며,

"학이……."

하고 탄실이가 고개를 숙였을 때, 억쇠는 구름 사이 으스름달을 쳐다보았다. 탄실이는 이미 아버지가 정해 놓은 곳이 있었다. 한참 만에 억쇠는 탄실이의 보동한 손목을 꽉 붙들었다. 그들은 그 길로 영을 넘었다. 호호, 호호……. 길가 나무 꼭대기에서 부엉새가 울었다. 그래도 억쇠의 굵은 팔에 안겨 걷는 탄실이는 조금도 무섭지 않았다.

그러나 그것은 시집을 가는 게 아니라서였던지 다음 날 아침 그들은 탄실이 아버지한테 붙들리어 다시 돌아왔다. 그리고 그 가을

에 탄실이는 단풍 든 영을 넘어 이웃 마을로 시집을 가고 말았고, 다음 해부터는 학날이 와도 억쇠는 춤을 추지 않았다.


"학이 안 오던 그핸 가물도 심하더니."
"허 참, 나라가 망하던 판에 오죽해."
이장 영감은 장죽과 쌈지를 옆의 박 훈장에게 건네주었다.
이장이 마흔네 살 나던 해였다.
씨 뿌릴 준비를 다 해 놓고 마을 사람들은 학을 기다렸다. 그런데 웬일인지 계절이 다 늦도록 학은 돌아오지 않았다. 그들은 하는 수 없어 학 없이 씨를 뿌렸다. 가물이 들었다. 봄내 여름내 비 한 방울 안 왔다. 모든 곡식은 바삭바삭 말라 버렸다. 마을 사람들은 그저 헛되이 학나무만 쳐다보았다. 학나무에는 지난해에 틀었던 학의 둥우리만이 빈 채 달려 있었다.
"학만 있었으면."
마을 사람들은 여느 해에 그렇게도 영험하던 학의 생각이 몹시도 간절하였다. 이런 때면 학은 늘 하늘과 그들 사이에 있어 주었었다. 가물이 들어도 그들은 학나무를 쳐다보았다. 그러면 학이 그 긴 주둥이를 하늘로 곧추고 비오 비오 울어 고해 주는 것이었다. 그러면 또 하늘은 꼭 비를 주시곤 했다. 장마가 져도 그들은 또 학을 쳐다보았다. 이번엔 학이 가 가 길게 울어 주기만 하면, 비는 곧 가시는 것이었다. 바람이 불 것도 그들은 미리 알 수 있었다. 학이 나뭇가지를 자꾸 둥우리로 물어 올리면 그들은 곡식을 빨리빨리 거둬들여야 했다.

그러던 그들은 학이 없던 그해, 그렇게 가물이 심해도 어떻게 하늘에 고해 볼 길이 없었다. 저녁때 들에서 돌아오다가는 빨간 놀을 등에 지고 그림자처럼 조용히 서서 빤히 석양을 받은 학의 빈 둥우리를 오랜 버릇으로 한참씩 쳐다보고 섰을 뿐이었다.

그러던 어느 날, 기다리던 비 대신 기막힌 소문이 날아 들어왔다. 왜놈들이 이 나라를 빼앗고 들어왔다는 것이다.

마을 사람들은 며칠 동안 김을 맬 생각도 않고 학나무 밑에 모여 앉아 멍히 맞은편 산만 바라보고들 있었다.

그런데 또 한 겹 더 겹쳐, 마을 안에 열병이 퍼지기 시작하였다. 한 집 두 집, 부디('하필'의 평북 사투리) 젊은 일꾼들이 앓아누웠다. 거의 날마다 곡소리가 들렸다. 학마을은 그대로 무덤이었다.

다음 해 봄에도, 또 다음 해 봄에도 학은 돌아오지 않았고 흉년만이 계속되었다. 그러자 이제 학이 버리고 간 이 학마을에서는 살 수 없으리라는 말이 누구의 입에서부터인지 퍼져 나왔다.

한 집이 떠났다. 또 한 집이 떠났다.

그들은 영마루에서 서서 한참씩 학나무를 내려다보다가는 드디어 산을 넘어 어디론지 떠나가곤 하는 것이었다.

근 이십 가구나 되던 마을이 겨우 일곱 집만 남았다.

그동안 이장 영감도 몇 번이나 밖으로 나가 살 만한 곳을 찾아보았었다. 그러나 그때마다 번번이 그는 이 학마을을 버리지 못했다. 무쇠 같은 그의 가슴에 첫사랑이 뻘겋게 달아오르던 곳이라서만은 아니었다. 그저 어쩐지 이 학마을을 떠나서는 살 수 없을 것만 같았던 것이었다. 빈 둥우리나마 아직 남아 있는 학나무 밑을 떠나서 왜놈들이 들끓는 마당에 어딜 가면 살 수 있겠는가 하는 생각에서였다. 남아 있는 딴 사람들도 그랬다.

학은 오지 않고 이름만 남은 학마을은 말할 수 없이 고달팠다.

그래도 해마다 봄은 찾아왔다. 아지랑이가 가물가물 타기 시작하면 그들은 양지쪽에 앉아 수숫대로 바자(대, 갈대, 수수깡 따위로 발처럼 엮거나 결어서 만드는 물건)를 엮으며 어린것들에게 가지가지 학 이야기를 들려주는 것이었다. 어린애들에게는 그건 해마다 들어도 재미있는 옛날 이야기였다. 그러나 이야기하는 어른들에게는 그건 슬픈 추억이었고, 또 봄마다 속아 벌써 삼십 년이 지난 오늘까지도 끝내 아주 버릴 수는 없는 희망이기도 하였다.

"그런데 그 학이 어딜 갔을까?"

“알 수 없지.”

“살아 있기는 살아 있을까?”

“학은 장생불사(長生不死)라지 않아?”

“장생불사.”

이장 영감은 또 한 번 천천히 수염을 내리쓸다 그 끝을 쥐고 내려다보며 중얼거렸다.

“쾅, 쾅, 쾅, 쾅, 쾅, 쾅, 쾅, 쾅.”

바로 그때였다. 저 밑에 마을에서 꽹과리 소리가 요란스레 들려왔다. 무슨 일이 일어난 신호였다.

이장 영감은 벌떡 일어섰다. 박 훈장도 담뱃대를 털며 따라 일어섰다. 그대로 꽹과리 소리는 울려 올라왔다. 잠든 듯 고요하던 마을에 새까만 사람의 그림자들이 왔다 갔다 하였다. 이장 영감은 눈에다 힘을 주고 마을을 살피고 있었다.

학이다— 학이다—

이장 영감은 힐끔 뒤의 박 훈장을 돌아보았다. 박 훈장도 이장 영감을 마주 보았다.

학이다— 학이다—

아직 메아리가 길게 꼬리를 떨고 있다. 둘이 다 분명히 들었다. 그러나 둘이 다 꼭 같이 자기의 귀에 자신이 없었다. 쾅, 쾅, 쾅,

쾡, 꽹과리 소리가 또 들려왔다. 그들은 얼른 손을 펴 갓양(갓양태. 갓모자의 밑 둘레 밖으로 둥글넓적한 부분)에 가져다 대었다. 하늘을 살폈다. 그러나 그들이 아무리 그 흐린 눈을 비비고 크게 떠도 그저 저만큼 둥실 흰 구름이 한 점 보일 뿐, 학은 보이지 않았다. 그들은 한 번 더 눈을 비볐다. 그래도 역시 학은 없었다. 그저 흰 수염만이 그들의 턱에서 가늘게 떨리고 있었다.

그날, 과연 학은 마을에 돌아와 있었다. 영을 내려와 비로소 학이 돌아온 것을 본 이장 영감과 박 훈장은 얼싸안고 엉엉 울었다.

"왔다, 정말 왔어. 으흐흐……."

"영감, 이게 꿈은 아니지, 응? 이장 영감, 꿈은 아니지? 으흐흐……."

이장 영감과 박 훈장은 갓이 뒤로 벗겨지는 줄도 모르고 고개를 젖혀 학나무 꼭대기만 쳐다보고 있었다.

쑥 치켜든 긴 주둥이, 이마에 빨간 점, 늘씬히 내뺀 목, 눈처럼 흰 깃, 꼬리께 까만 깃에서는 안개가 피었다. 한 마리는 슬쩍 한 다리를 ㄴ자로 구부리고 섰고, 또 한 마리는 그 윗가지에서 길게 목을 빼고 두룩두룩 마을을 살펴보고 있었다.

옛날 본 그 학이었다. 꼭 그대로였다. 그들은 자꾸자꾸 솟아 나오는 눈물을 몇 번이고 손등으로 닦았다.

이장 영감과 박 훈장 뒤에 둘러선 마을 사람들의 눈에도 눈물이 글썽 괴어 있었다. 어린애들은 눈앞에 정말 살아 나타난 옛이야기가 그저 신비스럽기만 했다.

"이젠 살았다."

"이제 무슨 좋은 일이 생길 게다."

"용케 마을을 지켰지. 참, 몇십 년인고?"

그들은 무엇인지 모르는 대로 그저 그 어떤 커다란 희망에 가슴이 뿌듯했다.

학은 부지런히 집을 틀기 시작하였다.

유유히 마을 안을 날아도는 학을 보면 밭에서, 산에서, 우물가에서, 어디서든지 마을 사람들은 한참씩 일손을 멈추는 것이었다.

올감자(제철보다 일찍 되는 감자) 철이 되자 학은 벌레를 잡아 물고 오르기 시작하였다. 새끼를 깐 것이다.

이젠 또 둘이만 모여 앉으면 그저 학의 새끼 이야기였다. 학이 새끼를 까면 그해에는 풍년이 든다는 것이었다. 두 마리면 평년, 한 마리면 흉년.

두 마리라고 하는 사람도 있었다. 아니, 분명히 세 마리가 가지런히 둥우리 슭(기슭)에 턱을 올려놓고 어미를 기다리고 있는 것을 보았노라는 아낙네도 있었다. 또 밭의 곡식이 된 품으로 미루어

틀림없이 세 마릴 거라고 떠드는 사람도 있었다. 그러면 가만히 듣고 앉았던 노인들은,

"어, 그 바쁘기도 하지. 이제 새끼들이 좀더 커서 머리가 밖으로 나오기 전에야 누가 아노? 하느님이 하시는 일을."
하고 웃는 것이었다.

올감자 철이 지나고 참외와 옥수수가 한창일 무렵이었다. 학의 새끼는 이제 제법 짝짝 둥우리 속에서 소리를 지르기 시작하였다. 그러다가는 어미 학이 긴 주둥이 끝에 벌레를 물고 돌아와 두 날개를 위로 쑥 쳐들며 흠씰(무거운 물체가 크게 흔들리는 모양, 북한어) 가지에 와 앉으면 다투어 조그마한 주둥이들을 벌리고 짝짝 목을 길게 둥우리 밖에까지 빼내는 것이었다.

분명히 세 마리였다.

틀림없이 풍년일 거라 했다.

가물도 장마도 안 들었다. 논과 밭에는 오곡이 우거졌다. 과연 그해는 대풍(大豊)이었다. 앞들에서 김매는 사람들이 노래를 부르면 뒷산에서 나무하는 애놈들이 제법 그다음을 받아넘겼다. 한창 더위도 그 고비를 넘었다. 이젠 익기를 기다려 거둬들이기만 하면 그만이었다.

그러던 어느 날이었다. 봄에 왜놈들에게 병정으로 끌려 나갔던

이장네 손자 덕이와 박 훈장네 손자 바우가 커다란 왜병의 옷을 그냥 입은 채 마을로 돌아왔다.

"아, 우리나라가 독립을 했어요, 독립을. 그걸 아직두 모르고 있어요?"

이장 영감과 박 훈장은 각각 손자들의 거센 손을 붙잡고 또 엉엉 울었다. 내 나라를 도로 찾았대서인지, 죽었으리라고 생각했던 손자가 돌아왔대서인지 그것조차 분간할 수 없는 기쁨이 그저 범벅이 되어 자꾸 눈물만 흘러내렸다.

학마을은 한껏 즐겁고 풍성하였다. 집집이 낟가리(낟알이 붙은 곡식을 그대로 쌓은 더미)가 높이 솟았다.

앞뒷산에 단풍이 빨갛게 타올랐다. 하늘은 아득히 높아졌다.

학은 세 마리 새끼들에게 날기를 가르치기 시작하였다. 둥우리 숲에 나란히 올라선 새끼 학들은 어미에게 비하여 그 모양이 몹시 초라하였다. 마을 애들이 웃었다. 그러면 어른들은 곧잘 학의 편이 되어 양반의 새끼는 어려선 미운 법이라 했다.

어미 학이 둥우리 바로 윗가지에 올라서서 뭐라고 길게 한 번 소리를 지르자 세 마리 새끼 학은 일제히 둥우리를 걷어차고 날았다(날아갔다, 북한어). 그러나 처음으로 펴 보는 날개는 잘 말을 듣지 않았다. 퍼덕퍼덕 날개는 쳤으나 그건 난다기보다 떨어지는 것이었다. 그들은 이리저리 흩어져 한 마리는 학나무 밑 마당에, 한 마리는 이장네 지붕 위에, 또 한 마리는 제법 멀리 밭 모서리에 선 뽕나무 위에 가 내렸다.

이렇게 그들은 날마다 나는 연습을 했다. 조금씩 조금씩 그 날아가 앉는 곳이 멀어져 갔다. 어제는 우물가에까지 날았었다. 오늘은 저 동구의 물방앗간까지 날았다. 또 오늘은 그 앞 못[池]께까지 날았는데 자칫하면 물에 빠질 뻔했다. 마을 사람들은 마치 자기네 어린애의 재롱을 사랑하듯 하였다.

드디어 그들은 저 들 건너편 낭(낭떠러지, 북한어)에 쑥 옆으로 솟아나온 소나무 위에까지 힘들지 않게 날았다. 이젠 모양도 한결 또렷또렷해졌다. 한 달쯤 되자 제법 어미들을 따라 보기 좋게 마을 위를 빙빙 날아돌았다. 어쩌다가 날개를 쭉 펴고 다섯 마리의 학이 한 줄로 휘 마을을 싸고도는 모양은 시원스러웠다.

구월 하순 어느 날 새벽이었다. 학이 여느 날과 달리 요란스레 울었다. 이장 영감은 잠결에 그 소리를 듣고 펄떡 일어났다. 그는 그게 무슨 뜻인지를 잘 알고 있었다. 꽹과리를 쳤다. 마을 사람들은 다들 학나무 둘레에 모였다.

다섯 마리의 학은 가장 높은 가지 위에 가지런히 한 줄로 늘어서 있었다. 이제는 그 긴 다리 색이 어미들보다 약간 노란 기운이

도는 것을 표해 보지 않고는 어미 학과 새끼 학들을 알아낼 수 없을 만큼 컸다.

해가 떴다.

이윽고 그들은 긴 목을 쑥 빼고 뾰족한 주둥이를 하늘로 곧추 올렸다. 맨 큰 학이 두 날개를 기지개를 켜듯 위로 들어 올리며 슬쩍 다리를 꾸부렸다 하자 삐르 긴 소리를 지르며 흠씰 가지에서 푸른 하늘로 솟아올랐다. 그러자 다음 다음 다음 다음 차례로 뒤를 따랐다. 그들은 멋지게 동그라미를 그으며 마을을 돌았다. 한 바퀴, 또 한 바퀴. 점점 높이 올랐다. 이젠 까마득히 하늘에 떴다. 그래도 삐르, 삐르 소리만은 똑똑히 들려왔다. 마을 사람들은 꺾어져라 목을 뒤로 젖혔다. 두 손을 펴서 이마에 가져다 햇빛을 가리고 한없이 높고 푸른 가을 하늘을 쳐다보고 있었다. 반짝반짝 다섯 개의 은빛 점이 한 줄로 늘어섰다. 마지막 바퀴를 돌고 난 학들은 그리던 동그라미를 풀며 방향을 앞으로 잡았다. 하나, 둘, 셋, 넷, 다섯. 점이 하나씩 하나씩 남쪽 영마루를 넘어 사라졌다. 마을 사람들은 한참이나 그대로 말없이 그 학들이 사라진 곳을 쏘아보고들 서 있었다.


다음 해 봄에도 학이 돌아왔다. 세 마리 새끼를 쳤다. 또 풍년이었다. 또 다음 해 봄에도 학은 왔다. 이번엔 두 마리를 쳤다. 평년이었다.

그해 가을엔 이장네 손자 덕이가 장가를 들었다. 신부는 바로 이웃에 사는 봉네였다. 덕이는 어려서부터 봉네가 좋았다. 그러기에 옥수수 같은 것을 꺾어 나눠 먹을 때면 으레 큰 쪽을 봉네에게 주곤 하였다. 바우도 같이 봉네를 좋아했다. 그는 주워 온 밤에서 왕밤만을 골라 봉네를 주곤 하였다.

그런데 웬일인지 철들면서부터 봉네는 아주 쌀쌀해졌다. 물동이를 들고 사립문을 나오다가도 덕이를 보면 획 돌아 들어가곤 하였다. 덕이에게만 아니라 바우에게도 그런다는 것이었다. 그들은 참 이상한 애라고 웃었다.

그러던 봉네의 태도가 그들이 왜놈한테 끌려갔다 다시 마을로 돌아온 뒤는 또 좀 달랐다. 바우더러는 돌아왔구나 하며 웃더라는데, 덕이한테는 안 그랬다. 여전히 싸늘했다. 물을 길러 가자면 하는 수 없이 이장네 바깥마당 학나무 밑을 지나야 하는 봉네는 몇 번이나 덕이와 마주쳤다. 그럴 때면 덕이가 미처 무슨 말을 찾기도 전에 폭 고개를 수그리고 인사는커녕 쳐다도 안 보고 획 비켜 지나가 버리는 것이었다. 덕이는 이런 봉네가 몹시도 섭섭했다.

그렇게 거의 두 해를 지내 오던 어느 날이었다. 산에 가 나무를 해 지고 내려오던 덕이는 마을 뒤 밤나무숲 속에서 봉네를 만났다. 이번엔 덕이편에서 먼저 못 본 체 고개를 수그리고 걸었다. 그런데 그가 바로 봉네 코앞에까지 가도 그네는 꼼짝도 않고 서 있었다. 덕이를 보기만 하면 얼굴을 돌리고 달아나던, 마을 안에서의 봉네와는 달랐다. 덕이는 비로소 눈을 들었다. 그제야 봉네는 한 걸음 옆으로 비켜섰다. 여전히 덕이를 건너다보고 있는 그네의 눈에는 스르르 윤기가 돌았다. 덕이는 길가에 나무 지게를 벗어 버텨 놓았다.

"어디 가니?"

"……."

봉네는 앞으로 다가서는 덕이의 얼굴만 빤히 건너다볼 뿐 대답이 없었다. 덕이도 그저 봉네의 까만 눈을 들여다보고 섰는 수밖에 없었다. 봉네의 눈동자에는 점점 더 윤이 피었다. 그네의 눈동자 속에 푸른 하늘이 부풀어 오른다 하는 순간, 따르르 눈물이 뺨을 굴렀다.

"학이……."

옛날 학마을 처녀 탄실이가 하던 그대로의 외마디 말이었다. 봉네는 가만히 고개를 떨어뜨렸다. 무명 적삼이 젖가슴에 찢어질 듯 팽팽하였다. 덕이는 봉네의 머리에서 새크무레한 땀내를 맡았다.

이장 영감은 종일 사랑방 벽에 뒷머리를 기대고 앉아 조용히 눈을 감고 있었다. 언제나 무슨 괴로운 일이 있을 때면 하는 그의 버릇이었다.

할아버지에게 봉네 이야기를 하고 제 뜻을 말하는 손자 덕이놈은 무턱대고 탄실이와 영을 넘던 억쇠, 자기보다 훨씬 영리한 놈이라고 생각하였다. 그러지 않아도 이장 영감은 봉네의 심정을 덕이보다도 먼저 눈치채고 있었다. 그와 함께 또, 바우의 봉네에 대한 숨은 정(情)도 알고 있는 이장 영감이었다. 그래 덕이가 봉네 이야기를 할 때 그는 아무런 대꾸도 하지 않고 그저 듣고만 있었다.

될 수만 있다면 봉네는 딴 마을로 시집을 보내고 싶었다. 덕이, 봉네, 바우. 이장 영감에게는 그들이 다 꼭 같은 자기의 손자 손녀처럼 생각이 드는 것이었다. 그 셋 가운데 누구에게도 쓰라린 상처를 주고 싶지 않았다.

저녁때가 거의 되어서야 이장 영감은 가만히 눈을 떴다. 마음을 작정하였다. 봉네는 그 옛날 탄실이어서는 안 된다 했다. 또 그로 해서 설사 무슨 변이 있다 해도 덕이의 일생이 또 억쇠 자기의 평생처럼 텅 빈 것이 되어서는 안 된다 했다.

그 가을에 덕이와 봉네의 잔치가 있었다. 그런데 그 잔치 전날 밤, 바우는 마을에서 사라졌다. 그의 홀어머니도, 또 늙은 할아버지 박 훈장도 몰랐다. 그러나 이장 영감만은 짐작하고 있었다. 그는 또, 종일 사랑방 벽에 뒷머리를 기대고 앉아 조용히 눈을 감고 있었다.

그해에도 골짜기의 눈이 녹고 진달래가 피자 학이 찾아왔다. 예년처럼 부지런히 집을 틀고 새끼를 깠다. 두 마리의 어미 학은 쉴 새 없이 먹이를 물어 올렸다. 그때마다 두 마리 새끼가 노랑 주둥이를 내둘렀다. 올해에도 평년작은 된다고들 우선 흉년을 면한 것을 기뻐했다. 그러던 어느 비 내리는 아침이었다. 학나무 밑에 아주 어린 학의 새끼 한 마리가 떨어져 죽어 있었다. 아직 털도 채 다 나지 않은 학의 새끼는 머리와 눈만이 유난히 컸다.

"허, 그 참 흉한 일이로군."

이장 영감과 박 훈장은 몹시 불길한 예감에 사로잡혔다. 이런 일은 적어도 그들이 하는 한에서는 일찍이 없던 일이었다. 참새는 긴 장마철에 미처 먹이를 댈 수 없으면 그중 약한 제 새끼를 골라 제 주둥이로 물어 내버리는 수가 있다. 그러나 학이 그런 잔혹한 짓을 한 일을 보지 못했었다. 그건 필시 무슨 딴 짐승의 짓이라 했다. 어쨌든 그게 학 자신의 뜻에서였건, 또는 딴 짐승의 짓이건 간에 이제 이 학마을에는 반드시 무슨 참변이 있을 게라고 다들 말

없는 가운데 더욱더 무거운 불안을 느끼고들 있었다.

과연 무서운 변이 마을을 흔들고야 말았다. 그 일이 있은 지 한 달이 채 못 되어서였다. 별안간 하늘이 무너지고 산이 온통 갈라지는 것이었다. 마을 사람들은 모두 문을 걸고 집 안에 틀어박혔다. 덜덜 떨며 문틈으로 밖의 학나무를 살폈다. 학도 둥우리 안에 들어앉아 조용하였다.

밤낮 이틀이나 온 세상을 드르릉 드르릉 흔들었다. 사흘째 되던 날부터 그 소리가 차츰 남쪽으로 멀어갔다. 마을 사람들은 하나 둘 밖으로 나왔다. 학의 동정부터 보았다. 한 마리는 여전히 둥우리 안에 들어 새끼를 품고 앉았고, 한 마리만이 그 바로 윗가지에 한 다리를 꼬부리고 나와 있었다.

그날 저녁때였다. 마을에는 또 딴 일이 벌어졌다. 난데없는 누런 옷을 입은 사람들이 북쪽 영을 넘어 마을로 들어왔다. 쉰 명도 더 넘는 그들은 개시(皆是:모두 다) 어깨에 총을 메고 있었다. 그들은 이 마을 사람들을 해방시키러 왔노라 했다. 그러나 마을 사람들은 그 해방이란 말의 뜻을 잘 알 수 없었다. 박 훈장마저 알기는 알면서도 어딘지 잘 모를 이야기라 했다. 그렇게 그들이 하루 마을에 머물고 남쪽으로 나가면 이어서 또 딴 패들이 밀려들어왔다. 그들은 꼭 같은 이야기를 하고 갔다. 이렇게 몇 차례를 겪고 나서야 마을 사람들은 그 아무나 보고 동무, 동무 하는 그들이 북한 괴뢰군인 것을 알았고, 또 큰 싸움이 벌어진 것도 알았다.

마을 사람들은 이제야 비로소 학이 새끼를 물어 내버린 뜻을 알 것 같았다.

몇 차례나 들르던 그 괴뢰군 패가 좀 뜸했다. 그런 어느 날, 박 훈장네 바우가 소문도 없이 마을로 돌아왔다. 서울서 무슨 공장엘 다니다 왔노라는 바우는 전에 없던 흠이 오른쪽 이마에서 눈썹까지 죽 굵게 그어져 있었다.

몇 해 밖에 나가 있던 바우는 여간 유식해진 것이 아니었다. 그는 학마을 사람들이 모르는 일을 많이 알고 있었다. 김일성 장군도 알았다. 인민군이라는 것도 알고 있었다. 그 밖에도 마을 사람들에게는 물론이려니와 박 훈장도 모를 말을 곧잘 지껄였다. 착취니 반동이니 영웅적이니 붉은 기니 하는 따위 말들은, 그가 마을 아낙네들에게까지 함부로 쓰는 동무라는 말과 같이 우리말이니 어찌어찌 알 듯도 하였다. 그러나 그 밖에도 이건 무슨 수작인지 도무지 모를 말도 바우는 아는 모양이었다. 스탈린, 소련, 유엔, 탱크. 그뿐이 아니었다. 바우는 또 밖에 나가 있는 동안에 매우 훌륭해진 모양이었다. 그는 사날(사나흘)에 한 번씩은 꼭 꼭 근 사십 리 길이나 되는 면(面)엘 다녀왔다. 그러고는 마을 사람들을 모아 놓고 싸움 형편을 전했다. 그때마다 연방 해방이란 말을 썼다. 그러던 어느 날이었다. 누런 군복을 입고 어깨에 총을 멘 사나이 셋이 학마을로 들어왔다. 그러고는 이장을 찾는 것이 아니라 박 동무를 찾았다. 마을 사람들은 박 동무라는 사람은 이 마을엔 없노라고 했다. 그들은 다시 박바우라고 했다. 그때에야 바우를 찾는 줄을 알았다. 그리고 또 바우가 그들과 한패라는 것도 알았다. 그들은 마을 사람들을 학나무 밑에 모았다. 그리고 긴 연설을 한바탕 늘어놓고 나서 바우를 앞에 내다 세웠다. 이제부터는 박 동무가 이 마을의 인민위원장이라고 했다. 인민위원장이란 무엇이냐고 묻는 마을 사람들에게 그들은 그게 바로 이 마을의 가장 높은 사람이라고 했다. 모를 일이었다. 학마을에서는 제일 나이 많은 남자가 이장 일을 보아야만 했고, 또 그 이장이 학마을의 제일 어른이었다. 그러나 다음 날부터 바우는 마을에 제일 높은 사람 행세를 정말로 하기 시작하였던 것이다. 박 훈장이 보다 못해 그를 붙들고 나무랐다. 바우는 낯을 잔뜩 찌푸렸다. 할아버진 아무것도 모르니 제발 좀 가만히 계시라고 했다. 그러고 보니 박 훈장 생각에도 영 어찌 되는 셈판인지 알 수가 없는 일이었다.

바우는 더욱 자주 면엘 다녀 나왔다. 그러고는 하루에 두 번씩 마을 사람들을 학나무 밑에 모았다. 소위 회의를 한다는 것이었다. 그러나 마을 사람들은 잘 모이지를 않았다. 그러면 바우는 반동이 무언지 반동, 반동 하고 목에 핏대를 세웠다. 그래도 마을 사람들은 잘 안 모였다. 그것도 그럴 것이 마을 사람들 사이에는 학이 전에 없이 새끼를 물어 떨어뜨리자 밀려들어온 그들은, 어쨌든 이 학마을을 잘되게 해 줄 사람들이 아닌 것만은 분명하다는 말이 퍼지고 있었던 까닭이었다. 이런 사유를 안 바우는 그 길로 면으로 달려갔다. 그러고는 저녁때가 거의 되어 그는 어깨에 총을 해메고 돌아왔다. 그는 곧 또 마을 사람들을 불러 모았다. 몇 사람이 총을 멘 바우를 구경한다고 모였다. 그 자리에서 바우는 또 떠들어대었다. 이마의 흠이 더욱 험상스레 움직였다. 사업을 방해하는 자는 누구든지 다 반동이라며 큰 소리를 질렀다. 그리고 반동은 사정없이 숙청해야 한다고 했다. 그런 의미에서 이 마을에서는 우선 저 학부터 처치해야 한다고 하며 학나무 꼭대기를 가리켰다. 그는 천천히 돌아섰다. 학나무 그루에 세워 놓았던 총을 집어 들었다. 철커덕 총을 재었다. 총부리를 들어 올렸다.

"바우!"

옆에 섰던 덕이가 바우의 팔을 붙들었다. 바우는 흠이 있는 오른쪽 눈썹을 쑥 치켜올리며(추켜올리다, 북한어) 덕이의 얼굴을 쏘아보았다.

"놔!"

바우는 덕이의 손을 뿌리쳤다. 덕이는 꽉 빈주먹을 쥐었다.

학은 두 마리 다 바로 머리 위 가지에 앉아 있었다. 바우는 총을 겨누었다. 마을 사람들은 숨을 딱 멈추었다. 얼굴들이 새파래졌다. 무서운 일이었다. 그러나 누구 하나 감히 바우의 총 앞으로 나서는 사람은 없었다.

타다탕!

총 소리가 쨍 사면의 산을 흔들었다. 학은 훌쩍 날아났다. 그러면 그렇지 하는 마을 사람들은 얼른 바우의 얼굴부터 살폈다. 그런데 어찌 된 일일까? 분명히 두 마리 다 훌쩍 위로 떠오르는 것을 보았는데, 펑 하는 소리와 함께 날개를 축 늘어뜨린 한 마리가 땅바닥에 떨어졌다. 마을 사람들은 정신이 아찔하였다. 아무도 말이 없었다.

그때였다. 앓고 누웠던 이장 영감이 총소리를 듣고 비틀비틀 밖으로 나왔다.

"무슨 일이야?"

다들 그쪽으로 돌아섰다. 여전히 아무도 말이 없었다. 이장 영감은 긴 눈썹 밑에 쑥 들어간 눈으로 한 번 휘 마을 사람들을 둘러보았다. 그러다 그는 저만치 땅바닥에 빨래처럼 구겨 박힌 학의

주검을 보았다. 이장 영감이 여윈 볼이 씰룩씰룩 움직였다.

"학이! 누가 학을……."

무서운 노여움이 찬 소리였다. 이장 영감은 팔을 허우적거리며 학이 쓰러진 쪽으로 한 걸음 옮겨 놓았다. 그러나 다음 또 한 발을 내디디다 말고 푹 그 자리에 까무러치고 말았다.

그날 밤 하늘엔 으스름달이 떴었다. 남은 한 마리의 학은 미쳐 울었다. 끼역끼역 긴 목에서 피를 토하듯 우는 학의 소리는 온몸에 소름이 쪽쪽 섰다. 무엇에 놀라는 것처럼 깍 외마디 소리를 지르며 푸르르 공중으로 솟아오르기도 하였다. 그러고는 밤하늘을 훨훨 날아 마을을 돌며 슬피슬피 우는 것이었다. 다시 학나무 위에 와 앉아도 보았다. 꼭 거기 아직 같이 있을 것만 같은 모양이었다. 그러고는 달을 향하여 긴 주둥이를 들고 무엇을 고하듯 또 울었다. 마을은 고요하였다. 저주하는 듯 애통한 학의 울음소리만 삐르, 삐르 밤하늘에 퍼져 나가 맞은편 산에 맞고는 길게 되돌아 울려 왔다. 누구 하나 이웃을 나오는 사람도 없었다. 그렇다고 자는 것도 아닌 모양으로 밤이 깊도록 이 집 저 집에서 기침 소리가 들려왔다.

다음 날 아침에도 바우는 마을 사람들더러 학나무 밑으로 모이라고 하였다. 한 사람도 응하는 사람이 없었다. 잔뜩 화가 난 바우는 마을에 다 들리도록 고함을 쳤다.

"반동, 반동."

머리 위에서 푸드덕 학이 놀라 달아났다.

반동— 반동—

메아리가 길게 흔들리며 어젯밤 학의 울음처럼 바우에게로 되돌아왔다. 바우는 학나무 밑에 서서 한참 덕이네 대문을 흘겨보다 말고,

"흥, 어디 보자."

하고 혼잣말을 뱉고는 영을 넘어 면으로 갔다. 어깨에 가죽끈으로 해 멘 총을 흔들흔들 내저으며.

그날, 바우는 마을로 돌아오지 않았다. 다음 날도 그는 안 돌아왔다. 마을 사람들은 이번엔 그가 돌아오지 않는 것이 또 궁금하고 불안했다.

그렇게 바우가 다시 마을에서 사라지고 며칠이 못되어, 또다시 그 무서운 소리가 들리기 시작했다. 하늘이 무너지고 산들이 갈라지는 소리. 게다가 이번엔 비행기까지 요란스레 떠 다녔다. 이제야말로 정말 끝장이 나느니라 했다. 그런데 이번엔 그 소리가 북쪽으로 멀어져 갔다. 그러자 이장 영감의 약을 지으러 장터에까지 나갔던 덕이는 새 소식을 알아 가지고 돌아왔다. 그 동무, 동무 하

던 패들이 우리 군대에게 쫓겨 도로 북으로 달아났다는 것과, 그
날 면에 나갔던 바우도 그길로 그들을 따라 북으로 갔다는 것이었
다.

다시 학마을은 조용해졌다.

한 마리만 남은 학은 그래도 애써 새끼를 키웠다. 이장 영감은
사랑 툇마루 양지쪽에 나와 앉아 종일 짝 잃은 학만 쳐다보고 있
었다. 문병을 온 박 훈장은 학을 쳐다보기가 두려운 듯 멍히 맞은
편 산만 바라보고 있었다.

"망할 자식 같으니. 어디 가 피를 토하고 자빠졌는지."

혼잣말로 중얼거리는 박 훈장의 말에 이장 영감은 못 들은 체
아무런 대꾸도 없었다.

구월이 되었다. 이제 학의 새끼는 수월히 건너편 낭에까지 날았
다. 그날 아침에도 이장 영감은 일어나는 길로 앞문을 열었다. 학
나무 꼭대기를 쳐다보았다. 학이 보이지 않았다. 그는 이상한 예
감에 가슴이 울렁거렸다. 좀 더 자세히 둥우리를 살펴보았다. 역
시 보이지 않았다. 아침부터 날기 연습을 하는가 했다. 그런데 학
은 낮이 기울도록 안 보였다.

"갔구나!"

이장 영감은 긴 한숨을 쉬었다. 노해서 간 학은 앞으로 영영 안

돌아올지도 모른다 하는 생각이 스치고 지나갔다. 그는 방에 들어와 목침을 베고 누웠다. 눈을 감았다. 눈물이 주르르 귀로 흘러내렸다. 한창 농사 때에 석 달 동안을 볶여난 그해는 농작물이 볼 게 없었다.

그대로 겨울은 닥쳐왔다. 사면의 높은 영은 흰 눈으로 덮였다. 빈 학의 둥우리에도 소복이 흰 눈이 쌓였다. 마을 사람들은 산에가 나무를 해다 며칠에 한 번씩 장거리로 지고 나갔다. 그들은 그저 어서 봄이 오기만 기다리고 있었다. 그런데 섣달 접어들면서부터 멀리 북녘 하늘에서 때때로 우르릉 우르릉 천둥소리가 들려왔다. 필시 그건 무슨 흉조라고들 하였다. 그러던 어느 날, 장거리에나무를 지고 나갔던 마을 사람 한 사람이 헐레벌떡거리며 이장네집으로 뛰어 들어왔다.

"이장님, 큰일 났습니다. 장거리에서들은 지금 피난을 간다고야단들이야요. 오랑캐가, 오랑캐가 새까맣게 밀고 나온다고, 지금……."

"음."

이장 영감은 수염 속에서 입을 꼭 한일자로 다물었다. 한 번 머리를 주억거렸다. 그리고 스르르 눈을 감으며 벽에다 뒷머리를 기대었다.

"덕이야, 꽹과리를 쳐라."

이윽고 이장 영감은 덕이를 불렀다.


다음 날은 흐릿한 하늘에서 솜 같은 눈송이가 펄펄 내리고 있었
다. 마을 사람들은 해 뜰 무렵에 학나무 밑으로들 모였다. 남자들
은 지게에 지고 여자들은 머리에 이고 어린 것들은 싸 업거나 손
목을 잡고 걸리기도 했다.

이장 영감은 마을 사람들이 다 모일 만해서 밖으로 나왔다. 토
시를 손바닥에까지 끌어내려 지팡이를 싸 쥐었다.

"다들 모였나?"

"네, 그런데 저 박 선생님께서는……."

덕이가 어깨에 진 지게를 한 번 추어올리며 대답하였다.

"음."

이장 영감은 잠깐 무엇을 생각하는 듯 고개를 숙였다. 박 훈장
이 이장 영감 곁으로 걸어갔다.

"영감!"

박 훈장은 지팡이 꼭대기에 올려놓은 이장 영감의 손등을 두 손
으로 꼭 싸쥐었다. 두 노인 손등에 사뿐사뿐 흰 눈송이가 날아와
앉았다.

“알지. 내 다 알지.”

이장 영감은 고개를 수그린 채 중얼중얼하였다.

“그래도 내겐 그 놈 하나밖에…… 혹시나 돌아올까 해서.”

“그럼, 그렇구말구. 내 다 알지.”

이장 영감은 그저 고개만 자꾸 주억거렸다. 박 훈장은 이장 영감의 손을 다시 한 번 쓸어 보고 한 걸음 뒤로 물러나 털썩 이장네 마루에 주저앉아 버렸다. 으흐흐흐 하는 박 훈장의 울음소리를 듣지 않으려는 듯이 이장 영감은 마을 사람들에게로 돌아섰다.

“그럼 가자.”

이장 영감은 봉네의 부축을 받으며 지팡이를 한 손에 들고 선두에 섰다. 그 뒤를 한 줄로 마을 사람들은 따라 걸었다.

박 훈장은 비틀비틀 학나무 밑으로 나갔다. 그리고 어린애 모양 으흐흐 으흐흐 울며 눈발 속에 사라져 가는 행렬을 언제까지나 바라보고 서 있었다.


남자들 몇 사람을 제외하고는 생전 처음 마을 밖으로 나가는 그들이었다. 정작 영마루에 올라선 그들은 한참이나 마을 쪽을 향하여 서 있었다. 펄펄 날리는 눈발 속에 앞이 뽀얗다. 마을은 이미 보이지 않았다. 그들은 다들 울며 영을 넘어 내려갔다.

팔십 리를 걸었다. 그리고 겨우 화물차 꼭대기에 기어올랐다. 빈대처럼 달라붙어 갈 수 있는 데까지 갔다. 부산이었다.

부산은 강원도 두메보다 봄이 일렀다. 한겨울을 그 속에서 난 창고 모퉁이에 파릇한 풀싹이 돋아 올랐다. 그들은 잊어버렸던 것처럼 새삼스레 마을이 그리웠다. 저녁때 모여 앉으면 그들은 은근히 이장 영감의 얼굴을 살폈다. 이장 영감은 그저 가느스름히 눈을 감고 묵묵히 앉아 있을 뿐이었다.

그러던 어느 따스한 날, 그들은 떠났다. 행장들이 마을을 떠날 때보다 더 초라했다. 그뿐이 아니었다. 사람 수효가 줄었다. 여섯 가구 스물세 사람이던 것이 지금 조그마한 보따리를 지고 이고 나선 것은 열아홉 사람뿐이었다. 봉네의 남동생 하나는 병정으로 뽑혀 나갔고, 어린애 둘은 두부 비지만 먹다 죽었다. 그리고 제일 큰 피해는 부두 노동을 하다 궤짝에 치여 죽은 덕이 아버지였다.

이번엔 기차를 탈 수도 없었다. 걸었다.

올 때만 해도 봉네가 옆에서 좀 거들기만 하면 되었던 이장 영감이었으나, 돌아가는 길에는 덕이와 봉네가 양쪽에서 부축을 해야 했다. 처음 오십 리, 다음 날은 사십 리, 삼십 리, 점점 줄어지다가는 하루씩 어느 마을에고 들어가 쉬었다. 그러고는 또, 이장 영감을 선두로 하고 걸었다. 이장 영감은 점점 쇠약해졌다. 수염이 기운 없이 축 늘어졌다. 푹 꺼진 두 눈만이 애써 앞을 더듬고 있었다.

"아가, 늙은것이 공연히 널 고생을 시키는구나. 허허허."

길가에 앉아 쉴 때면 혼자 돌아앉아 부어터진 발가락을 어루만지는 봉네의 등을 이장 영감은 가엽게 쓸어 보는 것이었다. 그러면 봉네는 얼른 신을 신고 아무렇지도 않은 듯 앞으로 돌아앉는 것이었다. 웃어 보이려고 해도 어쩐지 자꾸 눈물이 쏟아져 나와 봉네는 끝내 고개를 못 들곤 하였다.

보름째 되던 날이었다. 그들은 드디어 영마루에 섰다.

"야, 우리 마을이다."

애들이 제일 먼저 소리를 질렀다. 다들 바위 위에 아무렇게나 주저앉았다. 멍히 저 아래 마을을 내려다보고 있는 그들의 눈에는 떠나던 날처럼 또 눈물이 징 소리를 내며 고여 올랐다. 아무도 말이 없는 가운데 그저 여기저기서 코를 들이켜는 소리만 들려왔다.

마을은 변하였다.

학나무는 타 새까만 뼈만 앙상하게 서 있었고, 또 이쪽 이장네 집과 봉네네 집터에는 아직 녹지 않은 흰 눈 가운데 깨어진 장독이 하나 우뚝하니 서 있을 뿐이었다. 그리고 딴 집들은 다행히 그대로 남아 있었으나 단 두 사람 남겨 두고 갔던 바우 어머니와 박 훈장은 보이지 않았다.

완전히 빈 마을은 눈 속에서 잠겨 있었다.

"갔지, 갔어."

"바우 녀석이 와서 데려갔을 테지."

"그리구 가면서 학나무하고 이장 댁에 불을 놓았지, 뭘."

마을 사람들은 모여 앉기만 하면 분해하였다. 이장 영감은 박 훈장이 쓰던 서당 글방에 누워 조용히 눈을 감고 있었다.

여든에도 능히 멍석을 메어 나르던 이장 영감이었으나 이제 극도로 쇠약해진 그는 때때로 한숨을 길게 내쉬곤 하였다.

덕이는 이제 농사일이 시작되기 전에 집을 다시 지으리라 생각했다. 그는 괭이를 들고 옛 집터로 갔다. 그날, 덕이는 무너진 벽 밑에서 반 타다 남은 시체를 하나 파내었다. 박 훈장이었다.

이장 영감은 덕이에게서 그 말을 듣고도 놀라지 않았다. 그는 마치 다 알고 있었다는 듯이 그저 고개를 주억거렸을 뿐이었다. 그래도 눈물이 베개로 굴러 떨어졌다.

그날 밤 이장 영감도 갑자기 세상을 떠나고 말았다.

덕이의 손을 더듬어 잡은 이장 영감은 여전히 눈을 감은 채 간신히 입을 움직였다.

"학, 학나무를, 학나무를……."

이장 영감은 잠들듯이 숨을 거두었다. 흰 수염이 길게 가슴을

내리덮고 있었다.

　상여는 둘인데 상주는 덕이 한 사람이었다. 그날 마을 사람들은 다들 뒷산으로 따라 올라갔다. 피난을 가던 때처럼 이장 영감이 앞서 갔다.

　저녁때가 거의 다 되어서야 그들은 산을 내려왔다. 이번엔 덕이가 맨 앞에 두 주의 위패(位牌)를 모시고 걸었고, 그 바로 뒤를 봉네가 흰 보자기로 뿌리를 싼 조그마한 애송나무를 하나 어린애처럼 앞에 안고 따르고 있었다.

# 오발탄(誤發彈)

계리사(計理士 : 요즘의 '공인회계사') 사무실 서기 송철호(宋哲浩)는 여섯 시가 넘도록 사무실 한구석 자기 자리에 멍청하니 앉아 있었다. 무슨 미진한(아직 다 하지 못한) 사무가 있는 것도 아니었다. 장부는 벌써 접어 치운 지 오래고 그야말로 멍청하니 그저 앉아 있는 것이었다. 딴 친구들은 눈으로 시곗바늘을 밀어 올리다시피 다섯 시를 기다려 휘딱 나가 버렸다. 그런데 점심도 못 먹은 철호는 허기가 나서만이 아니라 갈 데도 없었다.

"송 선생님은 안 나가세요?"

이제 청소를 해야 할 테니 그만 나가 달라는 투의 사환(使喚 : 관청이나 회사, 가게에서 잔심부름을 시키기 위하여 고용한 사람)애의 말에 철호는 다 낡아빠진 해군 작업복 저고리 호주머니에 깊숙이 찌르고 있던 두 손을 빼내어서 무겁게 책상 위에 올려놓았다.

"나가야지."

하품 같은 대답이었다.

사환애는 저쪽 구석에서부터 비질을 하기 시작하였다. 먼지가 사정없이 철호의 얼굴로 몰려왔다.

철호는 어슬렁 일어섰다. 이쪽 모서리 창가로 갔다. 바께쓰('양동이'의 일본식 발음)의 물을 대야에 따랐다. 두 손을 끝에서부터 가만히 물속에 담갔다. 아직 이른 봄이라 물이 꽤 손끝에 시렸다. 철호는 물속에 잠긴 두 손을 물끄러미 내려다보고 있었다. 펜대에 시달린 오른손 장지(長指/將指:가운뎃손가락) 첫 마디에 콩알만한 못(굳은살)이 박혔다. 그 못에서 파란 명주실 같은 것이 사르르 물속으로 풀려났다. 잉크. 그것은 잠시 대야 밑바닥을 기다 말고 사뿐히 위로 떠올라 안개처럼 연하게 피어서 사방으로 번져 나갔다. 손가락 끝을 중심으로 하고 그 색의 농도가 점점 연해져 갔다. 맑게 갠 가을 하늘색으로 대야 가장자리까지 번져나간 그것은 다시 중심의 손끝을 향해 접어들며 약간 진한 파랑색으로 달무리 모양 둥그런 원을 그렸다.

피! 이건 분명히 피다!

철호는 엉뚱한 생각을 하고 있었다. 슬그머니 물속에서 손을 빼내었다. 그러자 이번엔 대야 밑바닥에서 한 사나이의 얼굴을 보았다. 철호의 눈을 마주 쳐다보는 그 사나이는 얼굴의 온 근육을 이상스레 히물히물(입술을 조금 실그러뜨리며 소리 없이 능청스럽게 자꾸 웃는 모양) 움직이며 입을 비죽거려 웃고 있었다.

이마에 길게 흐트러진 머리카락. 그 밑에 우묵하니 팬 두 눈. 깎아진 볼. 날카롭게 여윈 턱. 송장처럼 꺼멓고 윤기 없는 얼굴. 그것은 까마득한 원시인의 한 사나이였다.

몽둥이 끝에, 모난 돌을 하나 칡넝쿨로 아무렇게나 잡아매서 들고, 동굴 속에 남겨 두고 나온 식구들을 위하여 온종일 숲 속을 맨발로 헤매고 다니던 사나이.

곰? 그건 용기가 부족하다.

멧돼지? 힘이 모자란다.

노루? 너무 날쌔어서.

꿩? 그놈은 하늘을 난다.

토끼? 토끼. 그래, 고놈쯤은 꽤 때려잡음직하다. 그런데 그것마저 요즈음은 몫에 잘 돌아오지 않는다. 사냥꾼이 너무 많다. 토끼보다도 더 많다.

그래도 무어든 들고 들어가야 하는 것이다.

사나이는 바위 잔등에 무릎을 꿇고 앉아 냇물에 손을 씻는다. 파란 물속에 빨간 놀이 잠겼다. 끈적끈적하게 사나이의 손에 묻었

던 피가 놀빛보다 더 진하게 우러난다.

무엇인가 때려잡은 모양이다. 곰? 멧돼지? 노루? 꿩? 토끼?

그런데 사나이가 들고 일어선 것은 그 어느 것도 아니었다. 보기에도 징그러운 내장. 그것이 무슨 짐승의 내장인지는 사나이 자신도 모른다. 사나이는 그 짐승의 머리도 꼬리도 못 보았다. 누군가가 숲 속에 끌어내어 버린 것을 주워 오는 것이었다.

철호는 옆에 놓인 비누를 집어 들었다. 마구 두 손바닥으로 비볐다. 우구구 까닭 모를 울분이 끓어올랐다.


빈 도시락마저 들지 않은 손이 홀가분해 좋긴 하였지만, 해방촌 고개를 추어(일정한 목표를 향해 이동하다) 오르기에는 뱃속이 너무 허전했다.

산비탈을 도려내고 무질서하게 주워 붙인 판잣집들이었다. 철호는 골목으로 접어들었다. 레이션(ration:미군의 휴대용 건조 식량) 갑을 뜯어 덮은 처마가 어깨를 스칠 만치 비좁은 골목이었다. 부엌에서들 아무 데나 마구 버린 뜨물로 미끄러운 길에는 구공탄 재가 군데군데 헌데 더뎅이(부스럼 딱지나 때가 거듭 붙어서 된 조각) 모양 깔렸다.

저만치 골목 막다른 곳에, 누런 시멘트 부대 종이를 흰 실로 얼기설기 문살에 얽어맨 철호네 집 방문이 보였다. 철호는 때에 절어서 마치 가죽끈처럼 된 헝겊이 달린 문걸쇠를 잡아당겼다. 손가락이라도 드나들 만치 엉성한 문이면서 찌걱찌걱 집혀서 잘 열리지를 않았다. 아래가 잔뜩 잡힌 채 비틀어진 문틈으로 그의 어머니의 소리가 새어 나왔다.

"가자! 가자!"

미치면 목소리마저 변하는 모양이었다. 그것은 이미 그의 어머니의 조용하고 부드럽던 그 목소리가 아니고, 쨍쨍하고 간사한 게 어떤 딴 사람의 목소리였다.

문을 열고 들어서는 철호의 얼굴에 걸레 썩는 냄새 같은 것이 확 풍겨왔다. 철호는 문 안에 들어선 채 우두커니 아랫목을 내려다보고 있었다.

중학교 시절에 박물관에서 미라를 본 일이 있었다. 그건 꼭 솜누더기에 싸놓은 미라였다. 흰 머리카락은 한 오리도 제대로 놓인 것이 없었다. 그대로 수세미였다. 그 어머니는 벽을 향해 돌아누워서 마치 딸꾹질처럼 어떤 일정한 사이를 두고, '가자, 가자' 하는 외마디 소리를 지르고 있었다. 그 해골 같은 몸에서 어떻게 그런 쨍쨍한 소리가 나오는지 이상하였다.

철호는 윗방으로 올라가 털썩 벽에 기대어 앉아 버렸다. 가슴에 커다란 납덩어리를 올려놓은 것 같았다. 정말 엉엉 소리를 내어 울고 싶었다. 눈을 꼭 지리감으며(눈을 찌그리어 감음, 북한어) 애써 침을 삼켰다.

두 달 전까지만 해도 철호는 저녁 때 일터에서 돌아오면 어머니야 알아듣건 말건 그래도, '어머니, 지금 돌아왔습니다.' 하고 인사를 하곤 하였었다.

그러나 요즈음은 그것마저 안 하게 되었다. 그저 한참 물끄러미 굽어보고 섰다가 그대로 윗방으로 올라와 버리는 것이었다.

컴컴한 구석에 앉아 있던 철호의 아내가 슬그머니 일어섰다. 담요바지 무릎을 한쪽은 꺼멍, 또 한쪽은 회색으로 기웠다. 만삭이 되어서 꼭 바가지를 엎어 놓은 것 같은 배를 안은 아내는 몽유병자처럼 철호의 앞을 지나 나갔다. 부엌으로 나가는 것이었다. 분명 벙어리는 아닌데 아내는 말이 없었다.

"아버지."

철호는 누가 꼭대기를 쿡 쥐어박기나 한 것처럼 흠칫했다.

바로 옆에 다섯 살 난 딸애가 눈을 동그랗게 뜨고 철호를 쳐다보고 있었다. 철호는 어린것에게 얼굴을 돌렸다. 웃어 보이려는 철호의 얼굴이 도리어 흉하게 이지러졌다.

"나아, 삼촌이 나이롱 치마 사 준댔다."

“응.”

“그리구 구두두 사 준댔다.”

“응.”

“그러면 나 엄마하고 화신(1930년대에 종로에 세워졌던 우리나라 최초
의 백화점) 구경 간다.”

“…….”

철호는 그저 어린것의 노랗게 뜬 얼굴을 바라보고 있을 뿐이었
다. 철호의 헌 셔츠 허리통을 잘라서 위에 끈을 꿰어 스커트로 입
은 딸애는 짝짝이 양말 목달이(양말이나 장화 같은 신발의 목에 달린 부
분, 북한어)에다 어디서 주운 것인지 가는 고무줄을 끼었다.

“가자! 가자!”

아랫방에서 또 어머니의 그 저주 같은 소리가 들려왔다. 벌써
칠 년을 두고 들어 와도 전연 모를 그 어떤 딴 사람의 목소리.

철호는 또 눈을 꼭 감았다. 머릿속의 녯줄이 팽팽히 헤워졌다
(헤우다:줄 따위가 팽팽하게 당겨지다, 북한어). 두 주먹으로 무엇이건 콱
때려 부수고 싶은 충동에 철호는 어금니를 바서져라 맞씹었다.


좀 춥기는 해도 철호는 집 안보다 이 바위 잔등이 더 좋았다. 그
래 철호는 저녁만 먹으면 언제나 이렇게 집 뒤 산등성이에 있는

바위 위에 두 무릎을 세워 안고 앉아서 하염없이 거리의 등불들을 바라보며 밤 깊기를 기다리는 것이었다. 어느 거리쯤인지 잘 분간할 수 없는 저 밑에서, 술 광고 네온사인이 핑그르르 돌고 깜박 꺼졌다가 또 번뜩 켜지고, 핑그르르 돌고는 깜박 꺼지고 하였다.

철호는 그저 언제까지나 그렇게 그 네온사인을 지켜보고 있었다.

바위 잔등이 차츰차츰 식어 왔다. 마침내 다 식고 겨우 철호가 깔고 앉은 고 부분에만 약간 온기가 남았다. 이제 조금만 더 있으면 밑이 시려 올 것이다. 그러면 철호는 하는 수 없이 일어서야 하는 것이다.

드디어 철호는 일어섰다. 오래 까부려(조금 바투 꼬부리다, 북한어) 붙이고 있던 두 다리가 저렸다. 두 손을 작업복 호주머니에 깊숙이 찔렀다. 철호는 밤하늘을 한번 쳐다보았다. 지금까지 바라보던 밤거리보다 더 화려하게 별들이 뿌려져 있었다. 철호는 그 많은 별들 가운데서 북두칠성을 찾아보았다. 머리를 뒤로 젖혀 하늘을 쳐다보는 채 빙그르르 그 자리에서 돌았다. 거꾸로 달린 물주걱 같은 북두칠성은 쉽사리 찾아낼 수 있었다. 그 북두칠성 앞에 딴 별들보다 좀 크고 빛나는 별, 그건 북극성이었다.

철호는 지금 자기가 서 있는 지점과 북극성을 연결하는 직선을 밤 하늘에 길게 그어 보았다. 그리고 그 선을 눈이 닿는 데까지 연

장시켰다. 철호는 그렇게 정북(正北)을 향하여 한참이나 서 있었다. 고향 마을이 눈앞에 떠올랐다. 마을의 좁은 길까지, 아니 그 길에 박혀 있던 돌 하나까지도 선히 볼 수 있었다.

으스스 몸이 떨렸다. 한기(寒氣)가 전기처럼 발끝에서 튀어 콧구멍으로 빠져 나갔다. 철호는 크게 재채기를 하였다. 그리고 또 한 번 부르르 몸을 떨며 바위 밑으로 내려왔다.

철호는 천천히 골목 안으로 들어섰다.

"가자!"

철호는 멈칫 섰다. 낮에는 이렇게까지 멀리 들리는 줄은 미처 몰랐던 어머니의 그 소리가 골목 어귀에까지 들려왔다.

"가자!"

그러나 언제까지 그렇게 골목에 서 있을 수도 없는 노릇이었다. 철호는 다시 발을 옮겨 놓았다. 정말 무거운 발걸음이었다. 그건 다리가 저려서만이 아니었다.

"가자!"

철호가 그의 집 쪽으로 걸음을 옮겨 놓을 때마다 그만치 그 소리는 더 크게 들려왔다.

가자는 것이었다. 돌아가자는 것이었다. 고향으로 돌아가자는 것이었다. 옛날로 되돌아가자는 것이었다. 그것은 이렇게 정신 이상이 생기기 전부터 철호의 어머니가 입버릇처럼 되풀이하던 말이었다.

삼팔선. 그것은 아무리 자세히 설명을 해주어도 철호의 늙은 어머니에게만은 아무 소용없는 일이었다.

"난 모르겠다. 암만해도 난 모르겠다. 삼팔선. 그래 거기에다 하늘에 꾹 닿도록 담을 쌓았단 말이냐, 어쨌단 말이냐. 제 고장으로 제가 간다는데, 그래 막는 놈이 도대체 누구란 말이냐?"

죽어도 고향에 돌아가서 죽고 싶다는 철호의 어머니였다. 그러고는,

"이게 어디 사람 사는 게냐. 하루 이틀도 아니고."
하며 한숨과 함께 무릎을 치며 꺼지듯이 풀썩 주저앉곤 하는 것이었다.

그럴 때마다 철호는,

"어머니, 그래도 남한은 이렇게 자유스럽지 않아요?"
하고, 남한이니까 이렇게 생명을 부지하고 살 수 있지, 만일 북한 고향으로 간다면 당장에 죽는 것이라고, 자유라는 것이 얼마나 소중한 것인가를 갖은 이야기를 다 예로 들어가며 어머니에게 타일러 보는 것이었다. 그러나 자유라는 것을 늙은 어머니에게 이해시키기란 삼팔선을 인식시키기보다도 몇백 갑절 더 힘드는 일이었

다. 아니, 그것은 거의 불가능한 일이라 했다. 그래 끝내 철호는 어머니에게 자유라는 것을 설명하는 일을 단념하고 말았다.

그렇게 되고 보니 철호의 어머니에게는 아들—지지리 고생을 하면서도 고향으로 돌아갈 생각만은 죽어도 하지 않는 철호가 무슨 까닭인지는 몰라도 늙은 에미를 잡으려고 공연한 고집을 피우고 있는 천하에 고약한 놈으로만 여겨지는 것이었다.

그야 철호에게도 어머니의 심정이 이해되지 않는 것은 아니었다.

무슨 하늘이 알 만치 큰 부자는 아니었지만 그래도 꽤 큰 지주로서 한 마을의 주인 격으로 제법 풍족하게 평생을 살아오던 철호의 어머니 눈에는 아무리 그네가 세상을 모른다고는 해도, 산등성이를 악착스레 깎아 내고 거기에다 게딱지 같은 판잣집들을 다닥다닥 붙여 놓은 이 해방촌(解放村)이 이름 그대로 해방촌일 수는 없는 노릇이다.

"나두 내 나라를 찾았다는 게 기뻐서 울었다. 엉엉 울었다. 시집올 때 입었던 홍치마를 꺼내 입구 춤을 추었다. 그런데 이 꼴둥다. 난 싫다. 아무래도 난 모르겠다. 뭐가 잘못됐건 잘못된 너머 세상이디그래."

철호의 어머니 생각에는 아무리 해도 모를 일이었던 것이었다. 나라를 찾았다면서 집을 잃어버려야 한다는 것은, 그것은 정말 알 수 없는 일이었던 것이었다.

철호의 어머니는 남한으로 넘어온 후로 단 하루도 이 ‘가자’는 말을 하지 않은 날이 없었다.

그렇게 지내 오던 그날, 6·25 사변으로 바로 발밑에 빤히 내려다보이는 용산 일대가 폭격으로 지옥처럼 무너져 나가던 날 끝내 철호는 어머니를 잃어버리고 말았던 것이었다.

“큰애야, 이젠 정말 가자. 데것 봐라. 담이 홈싹 무너뎄는데. 삼팔선의 담이 데렇게 무너뎄는데, 야.”

그때부터 철호의 어머니는 완전히 정신이상이었다. 지금의 어머니, 그것은 이미 철호의 어머니는 아니었다. 아무리 따져 보아도 그것이 철호 자기의 어머니일 수는 없었다. 세상에 아들딸마저 알아보지 못하는 어머니가 있을 수 있는 것일까?

그날부터 철호의 어머니는,

“가자! 가자!”

하고, 저렇게 쨍쨍한 목소리로 외마디 소리를 지를 뿐 그 밖의 모든 것을 완전히 잃어버리고 있었다. 철호에게 있어서 지금의 어머니는 말하자면 어머니의 시체에 지나지 않았다.

뚫어진 창호지 구멍으로 그래도 희미한 불빛이 새어 나오고 있었다. 철호는 윗방문을 열었다. 아랫방과 윗방 사이 문턱에 위태

롭게 올려놓은 등잔이 개똥벌레처럼 가물거리고 있었다. 윗방 아랫목에는 딸애가 반듯이 누워서 잠이 들었다. 담요를 몸에다 돌돌 말고 반듯이 누운 것이 꼭 송장 같았다. 그 옆에 철호의 아내가 두 무릎을 꿇고 앉아 있었다. 꺼먼 헝겊과 회색 헝겊으로 기운 담요 바지, 무릎 위에는 빨간색 우단(羽緞:벨벳)으로 만든 조그마한 운동화가 한 컬레 놓여 있었다. 철호가 방 안에 들어서자 아내는 그 어린애의 빨간 신발을 모두어 자기 손바닥에 올려놓아 철호에게 들어 보였다.

"삼촌이 사 왔어요."

유난히 살눈섭(속눈썹, 북한어)이 긴 아내의 눈이 가늘게 웃었다. 참으로 오래간만에 보는 아내의 웃음이었다. 자기가 미인이었다는 것을 잊어버리고 만 지 오랜 아내처럼 또 오래 보지 못하여 거의 잊어버려 가던 아내의 웃는 얼굴이었다.

철호는 등잔이 놓인 문턱 가까이 가서 앉으며 아내의 손에서 빨간 어린애의 신발을 받아 눈앞에서 아래위를 살펴보았다.

"산보 갔었소?"

거기 등잔불을 사이에 두고 윗방을 향해 앉은 철호의 동생 영호(英浩)가 웃으며 철호를 쳐다보았다.

"언제 들어왔니?"

“지금 막 들어와 앉는 길입니다.”

그러고 보니 영호는 아직 넥타이도 끄르지 않고 있었다.

“형님!”

새삼스레 부르는 동생의 소리에 철호는 손에 들었던 어린애의 신발을 아내에게 돌리며 영호의 얼굴을 빤히 바라보았다.

“이제 우리두 한번 살아 봅시다. 제길, 남 다 사는데 우리라구 밤낮 이렇게만 살겠수? 근사한 양옥도 한 채 사구, 장기판만한 문패에다 형님의 이름 석 자를, 제길, 장님도 보게 써서 대못으로 땅땅 때려 박구 한번 살아 봅시다.”

군대에서 나온 지 이 년이 넘도록 아직 직업도 못 잡은 영호가 언제나 술만 취하면 하는 수작이었다.

“그리구 이천만 환짜리 세단차도 한 대 삽시다. 거기다 똥통이나 싣고 다니게. 모든 새끼들이 아니꼬와서. 일이야 있건 없건 종일 빵빵 울리면서 동리를 들락날락해야지. 제길, 하하하.”

비스듬히 벽에 기대어 앉은 영호는 벌겋게 열에 뜬 얼굴을 하고 담배 연기를 푸 내뿜었다.

“또 술 마셨구나.”

고학으로 고생고생 다니던 대학 3학년에서 군대에 들어갔다가 나온 영호로서는 특별한 기술이 없어 직업을 잡지 못하는 것은 별

도리도 없는 노릇이라 칠 수도 있었지만, 이건 어디서 어떻게 마시는 것인지 거의 저녁마다 이렇게 취해 들어오는 동생 영호가 몹시 못마땅한 철호의 말이었다.

"네, 조금 했습니다. 친구들이……."

그것도 들으나마나 늘 같은 대답이었다. 또 그것이 거짓말이 아니라는 것도 철호는 알고 있었다.

"이제 술 좀 그만 마셔라."

"친구들과 어울리면 자연히 마시게 되는 걸요."

"글쎄, 그러니까 그 어울리는 걸 좀 삼가란 말이다."

"그럴 수도 없구요. 하하하."

"그렇다구 언제까지 그저 그렇게 어울려서 술이나 마시면 뭐가 되나?"

"되긴 뭐가 돼요. 그저 답답하니까 만나는 거구, 만나면 어찌어찌하다 한잔씩 하며 이야기나 하는 거죠, 뭐."

"글쎄, 그게 맹랑한 일이란 말이다."

"그렇지만 형님, 그런 친구들이라도 있다는 게 좋지 않수? 그게 시시한 친구들이라 해도, 정말이지 그놈들마저 없었더라면 어떻게 살 뻔했나 하고 생각할 때가 많아요. 외팔이, 절름발이, 그런 놈들. 무식한 놈들. 참 시시한 놈들이지요. 죽다 남은 놈들. 그렇지만 형님, 그놈들 다 착한 놈들이야요. 최소한 남을 속이지는 않거든요. 공갈을 때릴망정. 하하하하. 전우, 전우."

영호는 고개를 뒤로 젖히고 천장을 향해 후 담배 연기를 내뿜었다. 철호는 그저 물끄러미 영호의 모습을 쳐다볼 뿐 아무 말도 없었다. 영호는 여전히 천장을 향한 채 피어오르는 연기를 바라보며 한 손으로 목의 넥타이를 앞으로 잡아당겨 반쯤 끌러 늦추어 놓았다.

"가자!"

아랫목에서 어머니가 소리를 질렀다.

영호는 슬그머니 아랫목으로 고개를 돌렸다. 한참이나 그렇게 어머니쪽으로 고개를 돌리고 있는 영호는 아무 말도 없이 그저 눈만 껌뻑껌뻑하고 있었다.

철호는 길게 한숨을 쉬었다. 앞에 놓인 등잔불이 거물거물 춤을 추었다. 철호는 저고리 호주머니에서 담배를 꺼내었다. 꼬깃꼬깃 구겨진 파랑새 갑 속에서 담배를 한 개비 뽑아내었다. 바삭바삭 마른 담배는 양끝이 반쯤 빠져나갔다.

철호는 그 양끝을 비벼 말았다. 흡사 비거(vigour:설탕이나 엿에 우유와 향료를 넣고 끓인 뒤 굳혀서 만드는 과자) 모양으로 되었다. 철호는 그 비거 모양의 담배 한 끝을 입에다 물었다.

"이걸 피슈, 형님."

영호가 자기 앞에 놓였던 담뱃갑을 집어서 철호의 앞으로 내어 밀었다. 빨간색 양담뱃갑이었다. 철호는 그 여느 것보다 좀 긴 양 담뱃갑을 한 번 힐끔 쳐다보았을 뿐, 아무 소리도 없이 등잔불로 입에 문 파랑새 끝을 가져갔다. 영호는 등잔불 위에 꾸부린 형 철호의 어깨를 넌지시 바라보고 있었다. 지지지 소리가 났다. 앞이 마에 흐트러져 내렸던 철호의 머리카락이 등잔불에 타며 또르르 말려 올랐다. 철호는 얼굴을 들었다. 한 모금 빨자 벌써 손끝이 따 갑게 꽁초가 되어 버린 담배를 입에서 떼었다. 천천히 연기를 내 뿜는 철호의 미간에는 세로 석 줄의 깊은 주름이 패어졌다. 영호 는 들었던 담뱃갑을 도로 방바닥에 내려놓았다. 그리고 조용히 등 잔불로 시선을 떨구었다. 그의 입가에서 야릇한 웃음이―애달픈, 아니 그 누군가를 비웃는 듯한, 그런 미소가 천천히 흘러 지나갔다.

한참 동안 아무도 말이 없었다.

"가자!"

아랫방 아랫목에서 몸을 뒤채는 어머니가 잠꼬대를 했다. 어머 니는 이제 꿈속에서마저 생활을 잃어버린 모양이었다. 아주 낮은 그 소리는 한숨처럼 느리게 아래윗방에 가득 차 흘러 사라졌다.

여전히 아무도 말이 없었다.

철호는 꽁초를 손끝에 꼬집어 쥔 채 넋 빠진 사람 모양 가물거리는 등잔불을 지켜보고 있었고, 동생 영호는 비스듬히 벽에 기대어 앉은 채 철호의 손끝에서 타고 있는 담배꽁초를 바라보고 있었고, 철호의 아내는 잠든 딸애의 머리맡에 가지런히 놓인 빨간 신발을 요리조리 매만지고 있었다.

"가자!"

또 한 번 어머니의 소리가 저 땅 밑에서 새어 나오듯이 들려왔다.

"형님은 제가 이렇게 양담배를 피우는 게 못마땅하지요?"

영호는 반쯤 탄 담배를 자기의 눈앞에 가져다 그 빨간 불띠('불똥'의 평안북도 사투리)를 들여다보며 말했다.

"분에 맞지 않지."

철호는 여전히 등잔불을 바라보며 대답했다.

"그렇지만 형님, 형님은 파랑새와 양담배와 두 가지 중에서 어느 것이 더 좋으슈?"

"……? 그야 양담배가 좋지. 그래서?"

그래서 너는 보리밥도 못 버는 녀석이 그래 좋은 것은 알아서 양담배를 피우는 거냐, 하는 철호의 눈초리가 번뜩 영호의 면상을 때렸다.

"그래서 전 양담배를 택했어요."

"뭐가?"

"형님은 절 오해하시고 계셔요."

"……?"

"제가 무슨 돈이 있어서 양담배를 사서 피우겠어요. 어쩌다 친구들이 사 주는 것이니 피우는 거지요. 형님은 또 제가 거의 저녁마다 술을 마시고 또 제법 합승(택시를 말함)을 타고 들어오는 것도 못마땅하시죠. 저도 알고 있어요. 형님은 때때로 이십오 환 전찻값도 없어서 종로서 근 십리를 집에까지 터덜터덜 걸어서 돌아오시는 것을. 그렇지만 형님이 걸으신다고 해서, 한사코 같이 타고 가자는 친구들의 호의, 아니 그건 호의도 채 못되는 싱거운 수작인지도 모르죠. 어쨌든 그것을 굳이 뿌리치고 저마저 걸어야 할 아무 까닭도 없지 않습니까? 이상한 놈들이죠. 술 담배는 사 주고 합승은 태워 줘도 돈은 안 주거든요."

영호는 손끝으로 뱅글뱅글 비벼 돌리는 담뱃불을 들여다보며 말했다.

"어쨌든 너도 이젠 좀 정신 차려 줘야지. 벌써 군대에서 나온 지도 이태나 되지 않니?"

"정신 차려야죠. 그렇지 않아도 이달 안으로는 어찌 되든 간에 결판을 내구 말 생각입니다."

"어디 취직을 해야지."

“취직이요? 형님처럼요? 전찻값도 안 되는 월급을 받고 남의 살림이나 계산해 주란 말이지요?”

“그럼 뭐 별 뾰족한 수가 있는 줄 아니.”

“있지요. 남처럼 용기만 조금 있으면.”

“……?”

어처구니없는 영호의 수작에 철호는 그저 멍청하니 영호의 얼굴을 쳐다보았다. 손끝이 따가웠다. 철호는 비루(‘맥주’의 일본식 발음) 깡통으로 만든 재떨이에 담배를 비벼 껐다.

“용기?”

“네, 용기.”

“용기라니.”

“적어도 까마귀만한 용기만이라도 말입니다. 영리할 필요는 없더군요. 우둔해도 상관없어요. 까마귀는 도무지 허수아비를 무서워하지 않습니다. 참새처럼 영리하지 못한 탓으로 그놈의 까마귀는 애당초에 허수아비를 무서워할 줄조차 모르거든요.”

영호의 입가에는 좀 전에 파랑새 꽁초에다 불을 댕기는 철호를 바라보던 때와 같은 야릇한 웃음이 또 소리 없이 감돌고 있었다.

“너, 설마 무슨 엉뚱한 계획을 세우고 있는 것은 아니겠지?”

철호는 약간 긴장한 얼굴을 하고 영호를 바라보며 꿀꺽 하고 침을 삼켰다.

“아니요. 엉뚱하긴 뭐가 엉뚱해요. 그저 우리들로 남처럼 다 벗어던지고 홀가분한 몸차림으로 달려 보자는 것이죠, 뭐.”

“벗어던지고?”

“네, 벗어던지고. 양심이고, 윤리고, 관습이고, 법률이고 다 벗어던지고 말입니다.”

영호의 큰 눈이 유난히 빛나는가 하자 철호의 눈을 정면으로 밀고 들었다.

“양심이고, 윤리고, 관습이고, 법률이고?”

“…….”

“너는, 너는…….”

“…….”

영호는 아무 대답도 하지 않았다. 그러나 눈만은 똑바로 형 철호를 쳐다보고 있었다.

“그렇게나 살자면 이 형도 벌써 잘살 수 있었다.”

철호의 목소리는 떨리고 있었다.

“그렇게나라니요?”

“양심을 버리고, 윤리와 관습을 무시하고, 법률까지도 범하고!”

흥분한 철호의 큰 목소리에 영호는 지금까지 철호의 얼굴에 주었던 시선을 앞으로 죽 뻗치고 앉은 자기의 발끝으로 떨구었다.

　"저도 형님을 존경하고 있어요. 고생하시는 형님을, 용케 이 고생을 참고 견디는 형님을. 그렇지만 형님은 약한 사람이야요. 용기가 없는 거지요. 너무 양심이 강해요. 아니 어쩌면 사람이 약하면 약한 만치, 그만치 반대로 양심이란 가시는 여물고 굳어지는 것인지도 모르죠."

　"양심이란 가시?"

　"네. 가시지요. 양심이란 손끝의 가십니다. 빼어 버리면 아무렇지도 않은데 공연히 그냥 두고 건드릴 때마다 깜짝깜짝 놀라는 거야요. 윤리요? 윤리. 그건 나이롱 빤스 같은 것이죠. 입으나 마나 불알이 덜렁 비쳐 보이기는 매한가지죠. 관습이요? 그건 소녀의 머리 위에 달린 리본이라고나 할까요? 있으면 예쁠 수도 있어요. 그러나 없대서 뭐 별일도 없어요. 법률? 그건 마치 허수아비 같은 것입니다. 허수아비. 덜 굳은 바가지에다 되는대로 눈과 코를 그리고 수염만 크게 그린 허수아비. 누더기를 걸치고 팔을 쩍 벌리고 서 있는 허수아비. 참새들을 향해서는 그것이 제법 공갈이 되지요. 그러나 까마귀쯤만 돼도 벌써 무서워하지 않아요. 아니 무서워하기는커녕 그놈의 상투 끝에 턱 올라앉아서 썩은 흙을 쑤시던 더러운 주둥이를 쓱쓱 문질러도 별일 없거든요. 흥."

영호는 코웃음을 쳤다. 그리고 거기 문턱 밑에 담뱃갑에서 새로 담배를 한 개 빼어 물고 지금까지 들고 있던 다 탄 꽁다리에서 불을 옮겨 빨았다.

"가자!"

어머니의 그 소리가 또 들렸다. 어머니는 분명히 잠이 들어 있는 것이었다. 그러면서도 간간이 저렇게 '가자, 가자' 소리를 지르는 것이었다. 그것은 어쩌면 어머니에게는 호흡처럼 생리화해 버린 것인지도 몰랐다.

철호는 비스듬히 모로 앉은 동생 영호의 옆얼굴을 한참이나 노려보고 있었다. 영호는 영호대로 퀭한 두 눈으로 깜박이기를 잊어 버린 채 아까부터 앞으로 뻗친 자기의 발끝을 바라보고 있었다. 이윽고 철호는 영호에게서 눈을 돌려 버렸다. 그리고 아랫방과 윗방 사이 칸막이를 한 널쪽에 등을 기대며 모로 돌아앉았다. 희미한 등잔불 빛에 잠든 딸애의 조그마한 얼굴이 애처로웠다. 그 어린 것 옆에 앉은 철호의 아내는 왼쪽 무릎을 세우고 그 위에 손을 펴 깔고 턱을 괴었다. 아까부터 철호와 영호 형제가 하는 말을 조용히 듣고만 있는 그네는 무엇을 생각하고 있는지 한쪽 손끝으로 거기 방바닥에 가지런히 놓은 빨간 어린애의 신발만 몇 번이고 쓸어보고 있었다.

철호는 고개를 푹 떨구어 턱을 가슴에 묻었다. 영호는 새로 피어 문 담배를 연거푸 서너 번 들이빨았다. 그리고 또 말을 계속하였다.

"저도 형님의 그 생활 태도를 잘 알아요. 가난하더라도 깨끗이 살자는. 그렇지요, 깨끗이 사는 게 좋지요. 그런데 형님 하나 깨끗하기 위하여 치르는 식구들의 희생이 너무 어처구니없이 크고 많단 말입니다. 헐벗고 굶주리고. 형님 자신만 해도 그렇죠. 밤낮 쑤시는 충치 하나 처치 못 하시고. 이가 쑤시면 치과에 가서 치료를 하거나 빼어 버리거나 해야 할 거 아니야요. 그런데 형님은 그것을 참고 있어요. 낯을 잔뜩 찌푸리고 참는단 말입니다. 물론 치료비가 없으니까 그러는 수밖에 없겠지요. 그겁니다. 바로 그겁니다. 그 돈을 어떻게든가 구해야죠. 이가 쑤시는데 그럼 어떻게 해요. 그걸 형님처럼, 마치 이 쑤시는 것을 참고 견디는 그것이 돈을, 치료비를 버는 것이기나 한 것처럼 생각하는 것. 안 쓰는 것은 혹 버는 셈이 된다고 할 수도 있을 거야요. 그렇지만 꼭 써야 할 데 못 쓰는 것이 버는 셈이라고 할 수 없지 않아요? 세상에는 이런 세 층의 사람들이 있다고 봅니다. 즉 돈을 모으기 위해서만으로 필요 이상의 돈을 버는 사람과, 필요하니까 그 필요한 만치의 돈을 버는 사람과, 또 하나는 이건 꼭 필요한 돈도 채 못 벌고서 그 대신 생활을 졸이는 사람들. 신발에다 발을 맞추는 격으로 형님은 아마 그 맨 끝의 층에 속하겠지요. 필요한 돈도 미처 벌지 못하는 사람. 깨끗이 살자니까 그럴 수밖에 없다고 하시겠지요. 그래요. 그것은 깨끗하기는 할지 모르죠. 그렇지만 그저 그것뿐이지요. 언제까지나 충치가 쏘아 부은 볼을 싸쥐고 울상일 수밖에 없지요. 그렇지 않습니까? 그야 형님! 인생이 저 골목 안에서 십 환짜리를 받고 코 흘리는 어린애들에게 보여 주는 요지경이라면야 자기가 가지고 있는 돈값만치 구멍으로 들여다보고 말을 수도 있겠지요. 그렇지만 어디 인생이 자기 주머니 속의 돈 액수만치만 살고 그만두고 싶으면 그만둘 수 있는 요지경인가요 어디. 싫어도 살아야 하니까 문제지요. 사실이지 자살을 할 만치 소중한 인생도 아니고요. 살자니까 돈이 필요하구요. 필요한 돈이니까 구해야죠. 왜 우리라고 좀더 넓은 테두리, 법률선(法律線)까지 못 나가란 법이 어디 있어요? 아니, 남들은 다 벗어던지구 법률선까지도 넘나들면서 사는데, 왜 우리만이 옹색한 양심의 울타리 안에서 숨이 막혀야 해요? 법률이란 뭐야요. 우리들이 피차에 약속한 선이 아니야요?"

영호는 얼굴을 번쩍 들며 반쯤 끌러 놓았던 넥타이를 마저 끌러서 방구석에 휙 던졌다.

철호는 여전히 턱을 가슴에 푹 묻은 채 묵묵히 앉아 두 짝 다 엄지발가락이 몽땅 밖으로 나온 뚫어진 양말을 내려다보고 있었다. 나일론 양말을 한 켤레 사면 반년은 무난히 뚫어지지 않고 견딘다는 말은 들었다. 그러나 뻔히 알면서도 번번이 백 환짜리 무명 양말을 사 들고 들어오는 철호였다. 칠백 환이란 돈을 단번에 잘라 낼 여유가 도저히 없는 월급이었던 것이다.

"가자!"

어머니는 또 몸을 뒤채었다.

"그건 억설(臆說:근거도 없이 억지로 고집을 세워 우겨 대는 말)이야."

철호는 천천히 고개를 들었다. 신문지를 바른 맞은편 벽에, 쭈그리고 앉은 아내의 그림자가 커다랗게 비쳐 있었다. 꼽추처럼 꼬부리고 앉은 아내의 그림자는 헝클어진 머리카락이 괴물스러웠다. 철호는 눈을 감았다. 머리마저 등 뒤 칸막이 반자(지붕 밑이나 위층 바닥 밑을 편평하게 하여 치장한 각 방의 천장)에 기대었다.

철호의 감은 눈앞에 십여 년 전 아내가 흰 저고리 까만 치마를 입고 선히 나타났다. 무대에 나선 그네는 더욱 예뻤다. E여자대학 졸업음악회였다. 노래가 끝나자 박수 소리가 그칠 줄을 몰랐다. 그날 저녁 같이 거리를 거닐던 그네는 정말 싱싱하고 예뻤었다. 그러나 지금 철호 앞에 쭈그리고 앉은 아내는 그때의 그네가 아니

었다. 무슨 둔한 동물처럼 되어 버린 그네. 이제 아무런 희망도 가져 보려고 하지 않는 아내. 철호는 가만히 눈을 떴다. 그래도 아내의 살눈썹만은 전처럼 까맣고 길었다.

"가자!"

철호는 흠칫 놀라 환상에서 깨어났다.

"억설이요? 그런 지도 모르죠."

한참이나 잠잠하니 앉아 까물거리는 등잔불을 바라보던 영호의 맥 빠진 대답이었다.

"네 말대로 한다면 돈 있는 사람들은 다 나쁜 사람이란 말밖에 더 되나, 어디."

"아니죠. 제가 어디 나쁘고 좋고를 가렸어요? 나쁘긴 누가 나빠요? 왜 나빠요? 아, 잘사는 게 나빠요? 도시(都是:도무지) 나쁘고 좋고부터 따질 아무런 금도 없지요, 뭐."

"그렇지만 지금 네 말대로 잘 살자면 꼭 양심이고 윤리고 뭐고 다 버려야 한다는 것이 아니고 뭐야?"

"천만에요. 잘못 이해하신 겁니다. 간단히 말씀드리면 이렇다는 것입니다. 즉, 양심껏 살아가면서 잘살 수도 있기는 있다. 그러나 그것은 극히 적다. 거기에 비겨서 그 시시한 것들을 벗어던지기만 하면 누구나 틀림없이 잘살 수 있다."

“그것이 바로 억설이란 말이다. 마음 한 구석이 어딘가 비틀려서 하는 억지란 말이다.”

“글쎄요. 마음이 비틀렸다고요? 그건 아마 사실일는지 모르겠어요. 분명히 비틀렸어요. 그런데 그 비틀리기가 너무 늦었어요. 어머니가 저렇게 미치기 전에 비틀렸어야 했지요. 한강 철교를 폭파하기 전에 말입니다. 하나밖에 없는 누이동생 명숙(明淑)이가 양공주가 되기 전에 비틀렸어야 했지요. 환도령(還都令)이 내리기 전에, 하다못해 동대문 시장에 자리라도 한 자리 비었을 때 말입니다. 그러구 이놈의 배때기에 지금도 무슨 내장이기나 한 것처럼 박혀 있는 파편이 터지기 전에 말입니다. 아니, 그보다도 더 전에, 제가 뭐 무슨 애국자나처럼 남들은 다 기피하는 군대에 어머니의 원수를 갚겠노라고 자원하던 그 전에 말입니다.”

“…….”

“……그보다도 더 전에, 썩 전에 비틀렸어야 했을지 모르죠. 나면서부터 비틀렸더라면 더 좋았을지도 모르죠.”

영호는 푹 고개를 떨구었다. 길게 한숨을 내쉬었다. 그 한숨이 후르르 떨고 있었다. 철호는 한참 동안 아무 말도 하지 않았다. 윗목에 앉아 있던 철호의 아내가 방바닥에 떨어진 눈물을 손끝으로 장난처럼 문지르고 있었다. 영호도 훌쩍훌쩍 코를 들이켜고 있었다.

　"그렇지만 인생이란 그런 게 아니야. 너는 아직 사람이란 어떻게 살아야만 하는 것인지조차도 모르고 있어."

　"그래요. 사람이란 과연 어떻게 살아야 하는 것인지는 정말 모르겠어요. 그렇지만 이제 이 물고 뜯고 하는 마당에서 살자면, 생명만이라도 유지하자면 어떻게 해야 할는지는 알 것 같애요. 허허."

　영호는 눈물이 글썽하니 고인 눈을 천장을 향해 쳐들며 자기 자신을 비웃듯이 허허 하고 웃었다.

　"가자!"

　또 어머니는 가자고 했다. 영호는 아랫목으로 눈을 돌렸다. 철호는 길게 한숨을 쉬었다. 앞의 등잔불이 크게 흔들거렸다. 방안의 모든 그림자들이 움직였다. 집 전체가 그대로 기울거리는 것 같았다. 그것뿐 조용했다. 밤이 꽤 깊은 모양이었다. 세상이 온통 잠들고 있었다.

　저만치 골목 밖에서부터 딱 딱 딱 딱 구둣발 소리가 뾰족하게 들려왔다. 점점 가까워 왔다. 바로 아랫방 문 앞에서 멎었다. 영호는 문께로 얼굴을 돌렸다. 삐걱삐걱 두어 번 비틀리던 방문이 열렸다. 여동생 명숙이가 들어섰다. 싱싱한 몸매에 까만 투피스가 제법 어느 회사의 여사무원 같았다.

“늦었구나.”

영호가 여전히 두 다리를 쭉 뻗고 앉은 채 고개만 뒤로 젖혀서 명숙을 쳐다보았다.

명숙은 영호의 말에 아무런 대꾸도 없이 돌아서서 문 밖에서 까만 하이힐을 집어 올려 아랫방 모서리에 들여놓았다. 그리고 백을 휙 방구석에 던졌다. 겨우 윗저고리와 스커트를 벗어 건 명숙은 아랫방 뒷구석에 가서 털썩하고 쓰러지듯 가로누워 버렸다. 그리고 거기 접어놓은 담요를 끌어다 머리 위에서부터 푹 뒤집어썼다.

철호는 명숙을 거들떠보지도 않고 덤덤히 등잔불만 지켜보고 있었다. 철호는 언젠가 퇴근하던 길에 전차 창문 밖에서 본 명숙의 꼴을 생각하고 있는 것이었다.

철호가 탄 전차가 을지로 입구 십자거리에 머물러 신호를 기다리고 있었다. 손잡이를 붙들고 창을 향해 서 있던 철호는 무심코 밖을 내다보았다. 전차 바로 옆에 미군 지프차가 한 대 와 섰다. 순간 철호는 확 낯이 달아올랐다.

핸들을 쥔 미군 바로 옆자리에 색안경을 쓴 한국 여자가 앉아 있었다. 그것이 바로 명숙이었던 것이다. 바로 철호의 턱밑에서였다. 역시 신호를 기다리는 그 지프차 속에서 미군이 한 손은 핸들

에 걸치고 또 한 팔로는 명숙의 허리를 넌지시 끌어안는 것이었다. 미군이 명숙의 얼굴을 들여다보며 뭐라고 수작을 걸었다. 명숙은 다리를 겹치고 앉은 채 앞을 바라보는 자세 그대로 고개를 까딱거렸다. 그 미군 지프차 저편에 선 택시 조수가 명숙이와 미군을 쳐다보며 피시시 웃었다. 전차 칸에서도 마찬가지였다. 철호 바로 옆에 나란히 서 있던 청년 둘이 쑥덕거렸다.

"그래도 멋은 부렸네."

"멋? 그래 색안경을 썼으니 말이지?"

"장사치곤 고급이지, 밑천 없이."

"저것도 시집을 갈까?"

"흥."

철호는 손잡이를 놓았다. 그리고 반대편 가운데 문께로 가서 돌아서고 말았다. 그것은 분명히 슬픈 감정만은 아니었다. 뭐라고 말할 수조차 없는 숯덩어리 같은 것이 꽉 목구멍을 치밀었다. 정신이 아뜩해지는 것 같았다. 하품을 하고 난 뒤처럼 콧속이 싸하니 쓰리면서 눈물이 징 솟아올랐다. 철호는 앞에 있는 커다란 유리를 콱 머리로 받아 부수고 싶은 충동을 느끼며 어금니를 꽉 맞씹었다. 찌르르 벨이 울렸다. 덜커덩 전차가 움직였다. 철호는 문짝에 어깨를 가져다 기대고 눈을 감아 버렸다.

　그날부터 철호는 정말 한 마디도 누이동생 명숙이와 말을 하지 않았다. 또 명숙이도 철호를 본 체 만 체했다.

"자 우리도 이제 잡시다."

영호가 가슴을 펴서 내밀며 바로 앉았다.

등잔불을 끄고 두 방 사이의 문을 닫았다.

　푹 가라앉는 것같이 피곤했다. 그러면서도 철호는 정작 잠을 이룰 수는 없었다. 밤은 고요했다. 시간이 그대로 흐르기를 멈추어 버린 것같이 조용했다. 철호의 아내도 이제 잠이 들었나 보다. 앓는 소리를 내었다. 철호는 눈을 감았다. 어딘가 아득히 먼 것을 느끼고 있었다. 철호는 잠이 들어가고 있었다.

"가자!"

　다들 잠든 밤의 그 어머니의 소리는 엉뚱하게 컸다. 철호는 흠칫 눈을 떴다. 차츰 눈이 어둠에 익어갔다. 며칠인가, 문틈으로 새어 든 달빛이 철호의 옆에서 잠든 딸애의 머리에서부터 발끝까지 죽 파란 줄을 그었다. 철호는 다시 눈을 감았다. 길게 한숨을 쉬며 벽을 향해 돌아누웠다.

"가자!"

　또 어머니가 소리를 질렀다. 그러나 철호는 눈을 뜨지 않았다. 그도 마저 잠이 들어 버린 것이었다.

그런데 이번에는 아랫방에서 명숙이가 눈을 떴다. 아랫목에 어머니와 윗목에 오빠 영호 사이에 누운 명숙은 어둠 속에 가만히 손을 내어밀었다. 어머니의 손을 더듬어 잡았다. 뼈 위에 겨우 가죽만이 씌워진 손이었다. 그 어머니의 손에서는 체온이 느껴지는 것이 아니라 축축히 습기가 미끈거렸다. 명숙은 어머니 쪽을 향하여 돌아누웠다. 한쪽 손을 마저 내밀어서 두 손으로 어머니의 송장 같은 손을 감싸쥐었다.

“가자!”

딸의 손을 느끼는지 못 느끼는지 어머니는 또 한 번 허공을 향해 ‘가자’고 소리 질렀다.

“엄마!”

명숙의 낮은 소리였다. 명숙은 두 손으로 감싸쥔 어머니의 여윈 손을 가만히 흔들었다.

“가자!”

“엄마!”

기어이 명숙은 흐느끼기 시작하였다. 명숙은 어머니의 손을 끌어다 자기의 입에 틀어막았다.

“엄마!”

숨을 죽여 가며 참는 명숙의 울음은 한숨으로 바뀌며 어머니의 손가락을 입 안에서 잘근잘근 씹어 보는 것이었다.

"겁내지 말라."

옆에서 영호가 잠꼬대를 했다.

"가자!"

어머니는 명숙의 손에서 자기의 손을 빼어가지고 저쪽으로 돌아누워 버렸다.

명숙은 다시 담요를 끌어다 머리 위까지 푹 썼다. 그리고 담요 속에서 흐득흐득 울고 있었다.

"엄마!"

이번엔 윗방에서 어린것이 엄마를 불렀다.

철호는 잠 속에서 멀리 그 소리를 들었다. 그러면서도 채 잠이 깨어지지는 않았다.

"엄마!"

어린것은 또 한 번 엄마를 불렀다.

"오 오, 왜? 엄마 여기 있어."

아내의 반쯤 깬 소리였다. 어린것을 끌어다 안는 모양이었다. 철호는 그 소리를 멀리 들으며 다시 곤히 잠들어 버렸다.

"오줌."

"오, 오줌 누겠니? 자, 일어나. 착하지."

철호의 아내는 일어나 앉으며 어린것을 안아 일으켰다. 구석에서 깡통을 끌어다 대어 주었다.

"참, 삼춘이 네 신발 사 왔지. 아주 예쁜 거. 볼래?"

깡통을 타고 앉은 어린것을 뒤에서 안아 주고 있던 철호의 아내는 한 손으로 어린것의 베개맡에 놓아두었던 신발을 집어다 보여 주었다. 희미하게 달빛이 들이비쳤을 뿐인 어두운 방안에서는 그것은 그저 겨우 모양뿐 색채를 잃고 있었다.

"내 거야? 엄마."

"그래, 네 거야."

"예뻐?"

"참 예뻐. 빨강이야."

"응……."

어린것은 잠에 취한 소리로 물으며 신발을 두 손에 받아 가슴에 안았다.

"자, 이제 거기 놔두고 자야지."

"응, 낼 신어도 돼?"

"그럼."

어린것은 오물오물 담요 속으로 파고 들어갔다.

"엄마, 낼 신어도 돼?"

"그럼."

뭐든가 좀 좋은 것은 아껴야 한다고만 들어오던 어린것은 또 한 번 이렇게 다짐하는 것이었다.

아내는 어린것의 담요 가장자리를 꼭꼭 눌러 주고 나서 그 옆에 누웠다.

다들 다시 잠이 들었다. 어느 사이에 달빛이 비껴서 칼날 같은 빛을 철호의 가슴으로 옮겼다. 어린것이 부스스 머리를 들었다. 배를 깔고 엎드렸다. 어린것은 조그마한 손을 베개 너머로 내밀었다. 거기 가지런히 놓아 둔 신발을 만져 보았다. 어린것은 안심한 듯이 다시 베개를 베고 누웠다. 또다시 조용해졌다. 한참 만에 또 어린것이 움직거렸다. 잠이 든 줄만 알았던 어린것은 또 엎드렸다. 머리맡에 신발을 또 끌어당겼다. 조그마한 손가락으로 신발코를 꼭 눌러 보았다. 그러고는 이번에는 아주 자리 위에 일어나 앉았다. 신발을 무릎 위에 들어 올려놓았다. 달빛에다 신발을 들이대어 보았다. 바닥을 뒤집어 보았다. 두 짝을 하나씩 두 손에 갈라 들고 고무바닥을 맞대어 보았다. 이번엔 발을 앞으로 내놓았다. 가만히 신발을 가져다 신었다. 앉은 채로 꼭 방바닥을 디디어 보았다.

"가자!"

어린것은 깜짝 놀랐다. 얼른 신발을 벗었다. 있던 자리에 도로 모아 놓았다. 그리고 한 번 더 신발을 바라보고 난 어린것은 살그머니 누웠다. 오물오물 담요 속으로 기어 들어갔다.


점심을 못 먹은 배는 오후 두 시에서 세 시 사이가 제일 견디기 힘들었다. 철호는 펜을 장부 위에 놓았다. 저쪽 구석에 돌아앉은 사환애를 바라보았다. 보리차라도 한 잔 더 마시고 싶었다. 그러나 두 잔까지는 사환애를 시켜서 가져오랄 수 있었으나 세 번까지는 부르기가 좀 미안했다. 철호는 걸상을 뒤로 밀고 일어섰다. 책상 모서리에 놓인 찻종(茶鍾:차를 따라 마시는 종지)을 집어 들었다. 그리고 출입문으로 나갔다. 복도의 풍로 위에서 커다란 주전자가 끓고 있었다. 보리차를 찻종 하나 가득히 부었다. 구수한 냄새가 피어올랐다. 철호는 뜨거운 찻종을 손가락으로 꼬집어 들고 조심조심 자기 자리로 돌아와 앉았다. 그리고 찻종을 입으로 가져갔다. 후 불었다. 마악 한 모금 들이마시는 때였다.

"송 선생님, 전홥니다."

사환애가 책상 앞에 와 알렸다. 철호는 얼른 찻종을 책상 위에 내려놓았다. 그리고 과장 책상 앞으로 갔다. 수화기를 들었다.

"네, 송철호올시다. 네? 경찰서요? ……전 송철호라는 사람인

데요. 네? 송영호요? 네, 바로 제 동생입니다. 무슨? ……네? 네?
송영호가요? 제 동생이 말입니까? 곧 가겠습니다. 네, 네.”

철호는 수화기를 걸었다. 그리고 걸어 놓은 수화기를 멍하니 내려다보고 서 있었다. 사무실 안의 사람들의 시선이 모두 철호에게로 쏠렸다.

“무슨 일인가. 동생이 교통사고라도?”

서류를 뒤적이던 과장이 앞에 서 있는 철호를 쳐다보며 물었다.

“네? 네, 저 과장님, 잠깐 다녀오겠습니다.”

철호는 마시던 보리차를 그대로 남겨 둔 채 사무실을 나섰다. 영문을 모르는 동료들이 서로 옆의 사람의 얼굴을 힐끗 쳐다보는 것이었다.


철호는 전에도 몇 번 경찰서의 호출을 받은 일이 있었다. 양공주 노릇을 하는 누이동생 명숙이가 걸려들면 그 신원 보증을 해야 하는 철호였다. 그때마다 철호는 치안관 앞에서 낯을 못 들고 앉았다가 순경이 앞세우고 나온 명숙을 데리고 아무 말도 없이 경찰서 뒷문을 나서곤 하였다. 그럴 때면 철호는 울었다. 하나밖에 없는 누이동생이 정말 밉고 원망스러웠다. 철호는 명숙을 한 번 돌아다보는 일도 없이 전찻길을 따라 사무실로 걸었고, 또 명숙은 명숙이대로 적당한 곳에서 마치 낯도 모르는 사람이나처럼 딴 길로 떨어져 가버리곤 하는 것이었다.

그런데 이번에는 누이동생이 아니라 남동생 영호의 건이라고 했다. 며칠 전 밤에 취해서 지껄이던 영호의 말들이 머리를 스치고 지나갔다. 불안했다. 그런들 설마하고 마음을 다시 먹으며 철호는 경찰서 문을 들어섰다.

권총 강도.

형사에게서 동생 영호의 사건 내용을 들은 철호는 앞에 앉은 형사의 얼굴을 바보 모양 멍청히 바라보고 있을 뿐이었다. 점점 핏기가 가셔 가는 철호의 얼굴은 표정을 잃은 채 굳어 가고 있었다.

어느 회사에서 월급을 줄 돈 천오백만 환을 찾아서 은행 앞에 대기시켰던 지프차에 싣고 마악 떠나려고 하는데 중절모를 깊숙이 눌러 쓰고 색안경을 낀 괴한 두 명이 차 속으로 올라오며 권총을 내어들더라는 것이었다.

"겁내지 말라! 차를 우이동으로 돌리라."

운전수와 또 한 명 회사원은 차가운 권총 구멍을 등에 느끼며 우이동까지 갔다고 한다. 어느 으슥한 숲속에서 차를 세웠다고 한다. 그러고는 둘이 다 차 밖으로 나가라고 한 다음 괴한들이 대신 운전대로 옮아앉더라고 한다. 운전수와 회사원은 거기 버려 둔 채

차는 전속력으로 다시 시내로 향해 달렸단다. 그러나 지프차는 미
아리도 채 못 와서 경찰에 붙들리고 말았다는 것이었다. 그런데
차 안에는 괴한이 한 사람밖에 없었다고 한다.

형사가 동생을 면회하겠느냐고 물었을 때 철호는 그저 얼이 빠
져서, 두 무릎 위에 맥없이 손을 올려놓고 앉은 채 아무 대답도 못
했다.

이윽고 형사실 뒷문이 열리더니 거기 영호가 나타났다.

"이리로 와."

수갑이 채워진 두 손을 배 앞에다 모으고 천천히 형사의 책상
앞으로 걸어 나오는 영호는 거기 걸상에 앉았다. 일어서는 철호를
향하여 약간 머리를 끄덕여 보였다. 동생의 얼굴을 뚫어져라고 바
라보고 서 있는 철호의 여윈 볼이 히물히물 움직였다. 괴로울 때
의 버릇으로 어금니를 꽉꽉 씹고 있는 것이었다.

형사는 앞에 와서 선 영호에게 눈으로 철호를 가리켰다. 영호는
철호에게로 돌아섰다.

"형님, 미안합니다. 인정선(人情線)에서 걸렸어요. 법률선까지
는 무난히 뛰어넘었는데. 쏘아 버렸어야 하는 건데."

영호는 철호의 얼굴을 들여다보며 빙그레 웃었다. 그러고는 옆
으로 비스듬히 얼굴을 떨구며 수갑을 채운 오른손 염지(拇指:집게손

가락)를 권총 방아쇠를 당기는 때처럼 까불려서 지그시 당겨 보는 것이었다.

철호는 눈도 깜빡하지 않고 그저 영호의 머리카락이 흐트러져 내린 이마를 바라보고 있었다.

"돌아가세요, 형님."

영호는 등신처럼 서 있는 형이 도리어 민망한 듯 조용히 말했다.

"수감해."

형사가 문간에서 지키고 서 있는 순경을 돌아보았다.

영호는 그에게로 오는 순경을 향해 마주 걸어갔다. 영호는 뒷문으로 끌려 나가다 말고 멈춰 섰다. 그리고 뒤를 돌려 보았다.

"형님. 어린것 화신 구경이나 한 번 시키세요. 제가 약속했었는데."

뒷문이 꽝 닫혔다. 철호는 여전히 영호가 사라진 뒷문을 바라보고 서 있었다. 눈이 뿌옇게 흐려졌다. 아무것도 보이지 않았다.

"쏠 의사는 처음부터 없었던 것 같은데."

조서를 한 옆으로 밀어 놓으며 형사가 중얼거렸다. 철호는 걸상에 가만히 걸터앉았다.

"혹시 그 같이한 청년을 모르시나요."

철호의 귀에는 형사의 말소리가 아주 멀었다.

"끝내 혼자서 했다고 우기는데, 그러나 증인이 있으니까 이제 차츰 사실대로 자백하겠지만."

여전히 철호는 말이 없었다.


경찰서를 나온 철호는 어디를 어떻게 걸었는지 알 수가 없었다. 철호는 술 취한 사람모양 허청거리는 다리로 자기 집이 있는 언덕길을 올라가고 있었다. 철호는 골목길 어귀에 들어섰다.

"가자!"

철호는 거기 멈춰 섰다. 고개를 뒤로 젖혔다. 그러나 그는 하늘을 쳐다보는 것이 아니었다. 하 하고 숨을 크게 내쉬는 철호는 울고 있었다. 눈물이 콧속으로 흘러 찝찝하니 목구멍으로 넘어갔다.

"가자, 가자. 어딜 가잔 거야. 도대체 어딜 가잔 거야?"

철호는 꽥 소리를 지르고 있었다. 거기 처마 밑에 모여 앉아서 소꿉질을 하던 어린애들이 부스스 일어서며 그를 쳐다보았다. 철호는 그 앞을 모른 채 지나쳐 버렸다.

"오빠 어딜 그렇게 돌아다뉴?"

철호가 아랫방에 들어서자 윗방 구석에서 고리짝을 열어 놓고 뒤지고 있던 명숙이가 역한 소리를 했다. 윗방에는 넝마 같은 옷가지들이 한 무더기 쌓여 있었다. 딸애는 고리짝 옆에 쪼그리고

앉아서 명숙이가 뒤져 내놓는 헌 옷들을 무슨 진귀한 것이나처럼 지켜보고 있었다. 철호는 아내가 어딜 갔느냐고 물어보려다 말고 그대로 윗방 아랫목에 털썩 주저앉아 버렸다.

"어서 병원에 가 보세요."

명숙은 여전히 고리짝을 들추며 돌아앉은 채 말했다.

"병원엘?"

"그래요."

"병원에라니?"

"언니가 위독해요. 어린애가 걸렸어요."

"뭐가?"

철호는 눈앞이 아찔했다.

점심때부터 진통이 시작되었는데 영 해산을 못하고 애를 썼단다. 그런데 죽을 악을 쓰다 보니까 어린애의 머리가 아니라 팔부터 나왔다고 한다. 그래 병원으로 실어 갔는데, 철호네 회사에 전화를 걸었더니 나가고 없더라는 것이었다.

"지금쯤은 아마 애기를 낳았거나, 그렇지 않으면……."

명숙은 흰 헝겊들을 골라 개켜서 한 옆으로 제쳐놓으며 말했다. 아마 어린애의 기저귀를 고르고 있는 모양이었다. 그런데 이상했다. 좀 전에 아찔했던 정신이 사르르 풀리며 온 몸의 맥이 쑥 빠져 나갔다. 철호는 오래간만에 머릿속이 깨끗이 개는 것을 느꼈다.

말라리아를 앓고 난 다음 날처럼 맥은 하나로 없으면서 머리는 비상히 깨끗했다. 뭐 놀랄 일이 있느냐 하는 심정이 되었다. 마치 회사에서 무슨 사무를 한 뭉텅이 맡았을 때와 같은 심사였다. 철호는 호주머니에서 담배를 꺼내어 물었다. 언제나 새로 사무를 맡아 시작하기 전에 하는 버릇이었다.

"어딜 가슈."

명숙이가 돌아보았다.

"병원에."

"무슨 병원인지도 모르면서."

철호는 참 그렇다고 생각했다.

"S병원이야요."

"……."

철호는 슬그머니 문밖으로 한 발을 내디디었다.

"돈을 가지고 가야지, 뭐."

"……돈."

철호는 다시 문 안으로 들어섰다. 우두커니 발부리를 내려다보고 서 있었다. 명숙이가 일어섰다. 그리고 아랫방으로 내려갔다. 벽에 걸어 놓았던 핸드백을 열었다.

"옜수."

백 환짜리 한 다발이 철호 앞 방바닥에 던져졌다. 명숙은 다시 돌아서서 백을 챙기고 있었다. 철호는 명숙의 뒷모습을 물끄러미 바라보고 있었다. 철호의 눈이 명숙의 발뒤축에 머물렀다. 나일론 양말이 계란만치 구멍이 뚫렸다. 철호는 명숙의 그 구멍 뚫린 양말 뒤축에서 어떤 깨끗함을 느끼고 있었다. 오래간만에, 참으로 오래간만에 철호는 명숙에 대한 오빠로서의 애정을 느꼈다.

"가자!"

어머니가 또 외마디 소리를 질렀다.

철호는 눈을 발밑에 돈다발로 떨구었다. 허리를 꾸부렸다. 연기가 든 때처럼 두 눈이 싸하니 쓰렸다.

"아버지 병원에 가? 엄마 애기 났어?"

"그래."

철호는 돈을 저고리 호주머니에 구겨 넣으며 문을 나섰다.

"가자!"

골목을 빠져 나가는 철호의 등 뒤에서 또 한 번 어머니의 소리가 들려왔다.

아내는 이미 죽어 있었다.

"네, 그래요."

철호는 간호원보다도 더 심상한 표정이었다. 병원의 긴 복도를 허청허청 걸어서 널따란 현관으로 나왔다. 시체가 어디 있느냐고 묻지도 않았다. 무엇인가 큰일이 한 가지 끝났다는 그런 기분이었다. 아니 또 어찌 생각하면 무언가 해야 할 일이 많이 생긴 것 같은 무거운 기분이기도 했다. 그러면서도 그 해야 할 일이 무엇인지는 좀처럼 생각이 나질 않았다. 그저 이제는 그리 서두를 필요도 없어졌다는 생각만으로 철호는 거기 병원 현관에 한참이나 우두커니 서 있었다.

이윽고 병원의 큰 문을 나선 철호는 전찻길을 따라서 천천히 걸었다. 자전거가 휙 그의 팔굽(팔꿈치, 북한어)을 스치고 지나갔다. 그는 멈춰 섰다. 여섯 시도 더 지났을 무렵이었다. 이제 사무실로 가야, 할 아무 일도 없었다. 그는 전찻길을 건넜다. 또 한참 걸었다. 그는 또 멈춰 섰다. 이번엔 어느 사이에 낮에 왔던 경찰서 앞에 와 있었다. 그는 또 돌아섰다. 또 걸었다. 그저 걸었다. 집으로 돌아가자는 생각도 아니면서 그의 발길은 자동 기계처럼 남대문 쪽을 향해 걷고 있었다. 문방구점, 라디오방, 사진관, 제과점, 그는 길가에 늘어선 이런 가게의 진열장들을 하나하나 기웃거리며 걷고 있었다. 그러면서도 무엇이 있는지 하나도 보이지는 않았다. 그러던 철호는 우뚝 섰다. 그는 거기 눈앞에 걸린 간판을 쳐다보고 있었다. 장기판만한 흰 판에 빨간 페인트로 치과라고 써 있었다. 철호는 갑자기 이가 쑤시는 것을 느꼈다. 아침부터, 아니 벌써 전부터 홀떡홀떡 쑤시는 충치가 갑자기 아파 왔다. 양쪽 어금니가 아래위 다 쑤셨다. 사실은 어느 것이 정말 쑤시는 것인지조차도 분간할 수가 없었다. 철호는 호주머니에 손을 넣어 보았다. 만 환 다발이 만져졌다.

철호는 치과 간판이 걸린 2층으로 올라갔다.

치과 걸상에 머리를 젖히고 입을 아 벌리고 앉았다. 의사는 달가닥달가닥 소리를 내며 이것저것 여러 가지 쇠꼬치를 그의 입에 넣었다 꺼냈다 하였다. 철호는 매시근하니(기운이 없고 나른하니) 잠이 왔다. 아무런 생각도 하지 않고 입을 크게 벌린 채 눈을 감고 있었다.

"좀 아팠지요? 뿌리가 구부러져서."

의사가 집게에 뽑아 든 이를 철호의 눈앞에 가져다 보여 주었다. 속이 시꺼멓게 썩은 징그러운 이뿌리에 뻘건 살점이 묻어 나왔다. 철호는 솜을 입에 문 채 머리를 좌우로 흔들어 보았다. 사실 아프지도 아무렇지도 않았다.

"됐습니다. 한 삼십 분 후에 솜을 빼 버리슈. 피가 좀 나올 겁니다."

"이쪽을 마저 빼 주십시오."

철호는 옆의 타구(唾具:가래나 침을 뱉는 그릇)에 침을 뱉고 나서 또 한쪽 볼을 눌러 보았다.

"어금니를 한 번에 두 개씩 빼면 출혈이 심해서 안 됩니다."

"괜찮습니다."

"아니, 내일 또 빼지요."

"다 빼 주십시오. 한목(한꺼번에 몰아서 함)에 몽땅 다 빼 주십시오."

"안 됩니다. 치료를 해 가면서 한 대씩 빼야지요."

"치료요? 그럴 새가 없습니다. 마악 쑤시는 걸요."

"그래도 안 됩니다. 빈혈증이 일어나면 큰일 납니다."

하는 수 없었다. 철호는 치과를 나왔다. 또 걸었다. 잇몸이 멍하니 아픈 것 같기도 하고 또 어찌하면 시원한 것 같기도 했다. 그는 한 손으로 볼을 쓸어 보았다.

그렇게 얼마를 걷던 철호는 거기에 또 치과 간판을 발견하였다. 역시 2층이었다.

"안 될 턴데요."

거기 의사도 꺼렸다. 철호는 괜찮다고 우겼다. 한쪽 어금니를 마저 빼었다. 이번에는 두 볼에다 다 밤알만큼씩 한 솜덩어리를

물고 나왔다. 입 안이 찝찔했다. 간간이 길가에 나서서 피를 뱉었다. 그때마다 시뻘건 선지피가 간 덩어리처럼 엉겨서 나왔다. 남대문을 오른쪽에 끼고 돌아서 서울역이 보이는 데까지 왔을 때 으스스 몸이 한 번 떨렸다. 머리가 휑하니 비어 버린 것 같다고 생각했다. 바로 그때에 번쩍, 거리에 전등이 들어왔다. 눈앞이 한 번 환해졌다. 다음 순간에는 어찌된 셈인지 좀 전에 전등이 켜지기 전보다 더 거리가 어두워졌다. 철호는 눈을 한 번 꾹 감았다 다시 떴다. 그래도 매한가지였다. 이건 뱃속이 비어서 이렇다고 철호는 생각했다. 그는 새삼스레, 점심도 저녁도 안 먹은 자기를 깨달았다. 뭐든가 좀 먹어야겠다고 생각했다. 구수한 설렁탕 생각이 났다. 입 안에 군침이 하나 가득히 고였다. 그는 어느 전주 밑에 가서 쭈그리고 앉아서 침을 뱉었다. 그런데 그것은 침이 아니라 진한 피였다. 그는 다시 일어섰다. 또 한 번 오한이 전신을 간질이고 지나갔다. 다리가 약간 떨리는 것 같았다. 그는 속히 음식점을 찾아내어야겠다고 생각하며 서울역 쪽으로 허청허청 걸었다.

"설렁탕."

무슨 약 이름이기나 한 것처럼 한마디 일러 놓고는 그는 식탁 위에 엎드려 버렸다. 또 입 안으로 하나 찝찔한 물이 고였다. 철호는 머리를 들었다. 음식점 안을 한 바퀴 휘 둘러보았다. 머리가 아찔했다. 그는 일어섰다. 그리고 문밖으로 급히 걸어 나갔다. 음식점 옆 골목에 있는 시궁창에 가서 쭈그리고 앉았다. 울컥 하고 입 안의 것을 뱉었다. 그러나 이번에는 주위가 어두워서 그것이 핏지 또는 침인지 알 수 없었다. 철호는 저고리 소매로 입술을 닦으며 일어섰다. 이를 뺀 자리가 쿡 한 번 쑤셨다. 그러자 뒤이어 거기에 호응이나 하듯이 관자놀이가 또 쿡 쑤셨다. 철호는 아무래도 좀 이상하다고 생각하였다. 이제 빨리 집으로 돌아가 누워야겠다고 생각했다. 그는 다시 큰길로 나왔다. 마침 택시가 한 대 왔다. 그는 손을 한 번 흔들었다.

철호는 던져지듯이 털썩 택시 안에 쓰러졌다.

"어디로 가시죠?"

택시는 벌써 구르고 있었다.

"해방촌."

자동차는 스르르 속력을 늦추었다. 해방촌으로 가자면 차를 돌려야 하는 까닭이었다. 운전수는 줄지어 달려오는 자동차의 사이가 생기기를 노리고 있었다. 저만치 자동차의 행렬이 좀 끊겼다. 운전수는 핸들을 잔뜩 비틀어 쥐었다. 운전수가 몸을 한편으로 기울이며 마악 핸들을 틀려는 때였다. 뒷자리에서 철호가 소리를 질렀다.

“아니야. S병원으로 가.”

철호는 갑자기 아내의 죽음을 생각했던 것이다. 운전수는 다시 휙 핸들을 이쪽으로 틀었다. 운전수 옆에 앉았던 조수애가 한 번 철호를 돌아다보았다. 철호는 뒷자리 한구석에 가서 몸을 틀어박은 채 고개를 뒤로 젖히고 눈을 감고 있었다. 차는 한국은행 앞 로터리를 돌고 있었다. 그때에 또 뒤에서 철호가 소리를 질렀다.

“아니야. ×경찰서로 가.”

눈을 감고 있는 철호는 생각하는 것이었다. 아내는 이미 죽었는데 하고. 이번에는 다행히 차의 방향을 바꿀 필요가 없었다. 그냥 달렸다.

“×경찰서 앞입니다.”

철호는 눈을 떴다. 상반신을 번쩍 일으켰다. 그러나 곧 또 털썩 뒤로 기대고 쓰러져 버렸다.

“아니야. 가.”

“×경찰섭니다, 손님.”

조수애가 뒤로 몸을 틀어 돌리며 말했다.

“가자.”

철호는 여전히 눈을 감고 있었다.

“어디로 갑니까?”

"글쎄, 가!"

"하, 참 딱한 아저씨네."

"……."

"취했나?"

운전수가 힐끔 조수애를 쳐다보았다.

"그런가 봐요."

"어쩌다 오발탄(誤發彈:잘못 발사된 탄환) 같은 손님이 걸렸어. 자기 갈 곳도 모르게."

운전수는 기어를 넣으며 중얼거렸다. 철호는 까무룩이(정신이 갑자기 흐려지는 모양) 잠이 들어가는 것 같은 속에서 운전수가 중얼거리는 소리를 멀리 듣고 있었다. 그리고 마음속으로 혼자 생각하는 것이었다.

'아들 구실, 남편 구실, 애비 구실, 형 구실, 오빠 구실, 또 계리사 사무실 서기 구실. 해야 할 구실이 너무 많구나. 그래, 난 네 말대로 아마도 조물주의 오발탄인지도 모른다. 정말 갈 곳을 알 수가 없다. 그런데 지금 나는 어디건 가긴 가야 한다…….'

철호는 점점 더 졸려 왔다. 다리가 저린 것처럼 머리의 감각이 차츰 없어져 갔다.

"가자!"

철호는 또 한 번 귓가에 어머니의 소리를 들었다고 생각하며 푹 모로 쓰러지고 말았다.

차가 네거리에 다다랐다. 앞에 교통 신호등에 빨간불이 켜졌다. 차가 섰다. 또 한 번 조수애가 뒤를 돌아보며 물었다.

"어디로 가시죠?"

그러나 머리를 푹 앞으로 수그린 철호는 아무 대답도 없었다.

따르르릉 벨이 울렸다. 긴 자동차의 행렬이 움직이기 시작했다. 철호가 탄 차도 목적지를 모르는 대로 행렬에 끼어서 움직이는 수밖에 없었다. 철호의 입에서 흘러내린 선지피가 흥건히 그의 와이셔츠 가슴을 적시고 있는 것은 아무도 모르는 채 교통 신호등의 파란불 밑으로 차는 네거리를 지나갔다.

# 갈매기

파도 소리가 베개를 때린다.

좀처럼 잠이 오지 않는다. 여느 날 같으면 벌써 나갔을 전등이 그대로 들어와 있다. 아마 이 포구에 또 무슨 일이 생겼나 보다. 기쁜 일이나 그렇지 않으면 슬픈 일이.

섬 안은 그대로 한집안이다. 그러기 어느 집에든지 잔치가 있거나 또는 상사(喪事)가 생기면 이렇게 밤새도록 전등이 들어오는 것이다. 시장에서 생선 장사를 하는 상이군인이 새색시를 맞던 날도 그랬다. 읍장님의 어머니 진갑날도 그랬다. 고아원에서 어린애가 죽던 날도 그랬고, 일전 파도가 세던 날 나갔던 어선 한 척이 돌아오지 않던 밤도 그랬다.

훈(薰)이 피란 내려왔던 부산서 중학교 교사 자리를 얻어 이 섬으로 들어온 지가 벌써 칠 년이 된다.

처음 들어왔을 때는 퍽도 외로웠다. 조그마한 포구에 말려 들어 왔다가는 밀고 내려가고, 밀려 내려갔다가는 또 말아 올라가곤 하는 단조로운 파도 소리가 그저 졸립기만 했다.

그래도 섬에서는 도민증이나 병적계를 지니고 다닐 필요가 없 는 것이 좋았다. 당시 부산 등지에서는 그런 것들이 그야말로 심 장보다 더 소중하던 때였지만, 어쩌다 하룻저녁 여인숙에서 묵고 가는 나그네까지도 저녁 해변가에서 쉬이 친구가 되어 버리는 이 포구에서는 그런 것은 있으나 없으나였다.

이제는 벌써 훈네도 피난민이 아니다. 아기를 안고 길가에 나 와 섰던 이웃집 아주머니들도 제법 그와 인사를 나누게 되었고, 배에서 돌아오는 옥희 아버지와 이쁜이 오빠는,

"이거 참 오래간만에 잡은 도밉니다. 아직 살았어요."

"꽤 큰 소라지요. 가을 들어 처음입니다."
하며 대바구니 속에서 도미나 소라를 집어내어 훈네 집 대문 옆에 누워 있는 소바우—그 모양이 꼭 누워 있는 소 잔등 같아서 그들 은 그렇게 부른다— 위에 놓고 지나가는 것이다.

칠 년. 섬에서는 한 해가 하루처럼 흘러간다. 그야말로 흘러간 다. 어제와 오늘이 다를 아무런 사건도 없다. 마디가 없다.

"왜, 선생 보기엔 좀 깨끗지 않아 보이재? 그래도 이 짠물이 이

게 좋은 게라이.”

바닷가에서 맛조개를 캐던 옆집 할머니가 바닷물에 손을 씻고 들어와 받아 준 어린애가 벌써 다섯 살이다.

지극히 단순한 생활.

아침 자리에 일어나 앉으면 안개 낀 포구가 유리창에 그대로 한 폭의 묵화(墨畵)다. 칫솔을 물고 마당으로 내려간다. 마루 밑에서 기어 나온 바둑이가 신고 선 그의 흰 고무신 뒤축을 질근질근 씹어 본다. 뒷산 동백나무 잎이 아침 햇빛에 유난히 반짝거린다. 어데선가 까치가 운다. 마당 한 구석에 돌각담을 지고 코스모스가 상냥스레 피어 웃는다. 추석도 멀지 않은 거기 감나무에는 주홍빛 감이 가지마다 세 개, 다섯 개, 네 개 탐스럽게 달렸다. 빨갛게 열매를 흉내 낸 감나무 잎이 하나, 누가 손끝으로 튀기기나 한 것처럼 톡 가지 끝에서 튀어난다. 팽글팽글, 팽글팽글 허공에 원을 그리고 사뿐히 땅바닥에 내려앉는다. 부엌문 앞을 돌아 나오던 흰 암탉이 쭈르르 달려온다. 쿡 하고 지금 떨어진 감나무 잎을 쪼아 본다. 핏빛 면두('볏'의 사투리)가 흰 머리 위에서 흔들거린다.

조반이 끝나면 훈은 한 손에는 가방을 들고 또 한 손에는 국민학교 2학년인 딸의 손목을 끌며 대문을 나선다. 겨우 두 사람이 나란히 걸을 수 있는 돌길이다. 오른편은 발밑이 그대로 바다이고

왼편은 깎아진 벼랑이다. 그들은 바위틈에 핀 들국화가 내려다보이는 밑을 천천히 걷는다. 바둑이가 따라오며 흰 수건에 싸든 딸애의 도시락을 킁킁 맡아 본다. 아내와 다섯 살짜리 아들 종(鍾)은 대문 옆 소바우 잔등에 서 있다. 꼬불꼬불 돌길을 더듬어 가는 그들이 C자형으로 된 포구 중앙에 다 가도록 빤히 보인다. 그러니 보이지 않을 때까지 배웅을 하자면 그들이 포구를 반 바퀴 돌아가는 동안을 거기 그렇게 서 있어야 하는 것이다. 그래 아내와 아들 종이 사이에는 말 없는 가운데 약속이 생겼다. 그들을 따라가던 바둑이가 돌아서 돌길을 껑충껑충 뛰어 집으로 오면 아내와 종은 바둑이를 앞세우고 대문 안으로 들어가기로 했다.


아침마다 그들을 따라나서는 바둑이가 돌아서는 지점은 정해져 있다.

훈네 집에서 거리에까지 가는 도중에는 중간쯤에 단 한 채 아주 초라한 오막살이가 있을 뿐이다. 그 오막살이에는 노인 거지가 세 사람 살고 있다. 훈네는 그들을 신선이라고 부른다. 그건 어느 여름 방학에 서울서 놀러 왔던 고등학교에 다니는 훈의 동생이 지어 주고 간 이름이다.

이들 세 노인은 할 일이 없다. 종일 바다만 바라보며 지낸다. 그

래 신선이다. 나이는 육십이 거의 다 되었을 듯한 동년배들인데
그 인상은 각각이다.

　신선 1호라는 서 노인. 머리칼, 눈썹 그리고 긴 수염 할 것 없이
은빛으로 센 노인이 키가 크다. 신선들 중에서 제일 풍채가 좋다.
그리고 신선 2호 박 노인. 이 노인은 머리를 중 모양으로 박박 깎
았다. 얼굴이 둥근 이 박 노인은 항상 군복을 걸치고 있다. 신선 3
호 김 노인. 신선 중에서는 제일 인품이 떨어진다. 곰보다. 턱에
꼭 염소 같은 수염이 난 이 신선 3호는 구제품 회색 신사복 저고
리를 입었다.

　인상은 어쨌든 그들은 다 신선 별호를 탈 만한 데가 있다. 걸식
은 해도 그들은 결코 떼를 쓰는 법이 없다. 또 자기네 사이에 무슨
정해진 바가 있는 듯, 같은 집에 두 사람이 들어가는 법도 없다.

　훈네 집어 늘 오는 것은 신선 1호 서 노인이다. 아침에 오는 수
도 있고 저녁에 들르는 날도 있다. 이즈음 훈의 아내는 서 노인을
위하여 밥을 여분히(餘分:남을 정도로. 남도록. 넉넉히) 짓지는 않았지
만 줄 밥이 남지 않는 날이면 걱정을 하게쯤은 되어 있다. 그런데
바둑이도 이 서 노인을 알아본다. 청결 검사를 나왔던 순경이 총
을 멘 채 질겁을 해 달아날 만큼 사나운 바둑이면서도 서 노인은
짓지 않는다.

아침마다 훈을 따라가던 바둑이가 돌아서는 지점이 바로 이 신선들이 살고 있는 오막살이 앞이다. 앞을 지나다 서 노인에게 목도리를 붙들리면 혀를 내밀어 하품 같은 소리를 한 번 내보이곤 돌아선다.

서 노인은 바둑이와만 사귄 것이 아니다.

언젠가 사흘 동안이나 서 노인이 들르지 않은 때가 있다. 이상하다고들 했다. 그날은 훈이 학교에서 돌아오는 길에 오막살이 안을 들여다보았다. 세 노인 다 있었다. 신선 3호 김 노인은 윗목에 벽을 향하고 앉아 거기 기둥에 박힌 못에다 실코를 걸어 놓고 무엇에 쓰자는 것인지 그물을 뜨고 있고, 신선 2호 박 노인은 문께로 나앉아 고무신 뒤축을 깁고 있고, 서 노인은 아랫목에 벽을 향해 누워 있다. 서서 다닐 때보다도 더 긴 키다. 죽은 사람처럼 뻗친 그의 무릎 위에서 다람쥐가 한 놈 앞발로 얼굴을 닦고 있다.

"서 노인이 어데 편찮은 모양이군요."

그제야 박 노인이 늙은 호박 같은 머리를 든다.

"네, 체해가지고 한 사날."

그는 한 번 서 노인을 돌아본다.

그날 저녁 국민학교 2학년인 딸과 종과 바둑이가 우유죽 그릇을 들고 오막살이로 갔다.

"불쌍하더라!"

돌아온 딸애가 제법 국민학교 2학년답게 낯을 찌푸린다.

"불쌍하더라!"

꼭 같은 어조로 종이 따라 한다.

다음 날이다.

훈이 학교에서 돌아오자 종이 마루로 달려 나와,

"아버지, 아버지, 나 다람쥐 있다."

하며 구두도 미처 벗기 전에 훈의 손을 끈다.

낮에 서 노인이 오래간만에 집에 들렀더란다. 한 손에는 언제나 끌고 다니는 꼬불꼬불한 감태나무 지팡이를 짚고, 또 한 손에는 이쁜 다람쥐를 한 마리 쥐고.

"이거나 애길 줄라고."

서 노인이 일 년을 방 안에서 키웠다는 다람쥐는 아주 길이 잘 들어 있다. 놓아도 달아날 생각을 하지 않고 마구 사람의 목덜미로 기어올라서는 오물오물 가슴패기로 파고든다.

그로부터 종은 훈의 방에서 부지런히 꽁초를 까서 빈 캐러멜 갑에 넣었고, 그런 다음 날 저녁이면 서 노인이 그 캐러멜 갑을 도토리로 가득히 채워다 종에게 돌린다.

"먹진 못하는 거야. 다람쥐 주란 말이야."

이 조그마한 포구에도 다방이 한 집 있다. 이름이 ‘갈매기’ 다.

다방이래야 왜인이 살다 간 목조 건물 2층을, 피난 온 젊은 부부가 약간 뜯어고친 것이다.

훈은 때때로 이 다방엘 들른다.

학교가 끝나고 교문을 나서면 훈이 선 지점은 바로 정확하게 포구 중앙점인 것이다. 거기서 훈은 한참 바다를 바라본다. 호수처럼 동그란 포구 한가운데는 경찰서 수상 경비선이 하얀 선체를 한가히 띄우고 있고, 왼쪽 시장 앞에는 돛대 끝에 빨간 헝겊을 단 어선이 네 척 어깨를 비비고 머물렀다. 그리고 저만치 앞에 두 대의 흰 등대. 그 등대 허리에 가는 수평선이 죽 가로 그어졌다. 바로 그의 발밑에서 넘실거리는 바다가 아득히 수평선을 폈고, 그 선에서 다시 또 하나의 바다, 맑은 가을 하늘이 아찔하니 높이 피어올랐다.

훈은 오른편으로 눈을 돌린다. 벼랑 밑 돌길을 더듬을 필요도 없이 포구를 엇비슷이 가로 건너 거기 빤히 집이 보인다. 동백나무가 반짝거리는 산을 지고 바로 물가에 선 아담한 기와집, 선생들이 감나무장(莊)이라고 부르는 집이다. 마당에는 흰 빨래가 걸렸고, 돌각담 밖에 채소밭 가운데는 쭈그리고 앉은 아내 앞에 선종의 빨간 스웨터가 빤히 보인다.

이렇게 밖에 나와 있는 식구들을 보는 날이면 훈은 곧잘 집과는 반대 방향인 왼쪽으로 발길을 돌리곤 한다. 집엘 다녀서 나오는 것 같은 가벼운 기분으로.

우체국 앞을 지난다. 빨간 포스터를 보면 새삼스레 편지를 띄워 보고 싶어진다. 중국집을 지나 여인숙이 있고, 거기서 조금 더 가면 다방 '갈매기' 가 있다.

장기판만한 널쪽에 흰 페인트로 쓴 '갈매기' 라는 서툰 간판 밑을 끼고 2층으로 올라가면 층계가 삐걱삐걱 소리를 낸다. 거기 베니어판(얇은 널빤지를 여러 장 포개어 붙인 합판)으로 만든 문을 득 연다. 대개 다방 문은 밀거나 당기게 되어 있는 게 상식이다. 그런데 이 다방 '갈매기' 의 문은 왜식 그대로 옆으로 열게 되어 있다.

다방 안은 대개 비어 있다. 손님이 없다는 뜻만은 아니다. 주인마저 없는 때가 많다.

훈은 언제나 오면 정해 두고 앉는 창가로 가 앉는다. 그래도 테이블 위에는 선인장이 놓여 있고, 창에는 푸른색 커튼이 드리워 있다. 창 밑이 곧 행길이고 그 길 가장자리가 바로 바다다. 훈은 멀리 맞은편으로 눈을 띄운다. 그의 집 자기 방 유리문과 정면으로 마주친다. 벌써 채소밭에는 아무도 보이지 않고 그의 집 대문 앞을 어떤 부인이 머리에 무엇을 이고 지나간다. '갈매기' 가 한

마리 펄럭 다방 창문을 스치고 지나간다. 팔만 내밀면 잡힐 것도 같다. 그래 다방 이름이 '갈매기'인지도 모른다. 별로 그러자는 것도 아닌데 눈은 자연히 갈매기의 뒤를 따라 허공에 어지러운 불규칙 선을 긋는다.

안방 문이 열리고 주인 여자가 나온다. 그녀의 나이를 딱히 알 까닭도 없지만 보기에는 이제 겨우 삼십을 하나 둘 넘었을까 말까 한 젊은 부인이다. 갸름한 얼굴에 눈이 반짝 밝은 그녀는 키가 날씬하니 큰 게 연분홍 치마가 분명히 예쁘다.

"아이, 오신 지 오랬어요?"

약간 코가 멘 귀여운 음성이다.

"네, 서너 시간 됩니다."

"아무리, 선생님두."

여인은 웃으며 돌아선다.

"여보, 저 건너 이 선생님이 오셨어요."

그녀는 안방 문을 열고 소리친다. 그리고 거기 뒤로 난 창문턱을 훌쩍 넘어 나간다. 아마 왜인이 살고 있을 때는 그게 이층 빨래를 너는 곳이었을 게다. 그곳이 지금은 이 다방의 주방인 것이다.

훈은 이제 나올 다방 주인을 기다리며 벽에 걸린 그림들을 바라본다. 제법 이 다방에는 별실이 하나 있다. 화장실로 가는 문 옆에 발가벗은 어린애 둘이 하나는 서고 하나는 무릎을 세우고 앉아서 불을 쬐고 있는 그림이 걸렸다. 그 밑이 바로 그 별실이다. 그런데 그 별실이란 게 아주 걸작이다. 옛날 왜인의 소위 오시이레(반침. 큰 방 안벽에 딸린 조그만 방)를 뜯어내고 그 자리에 테이블과 걸상을 들여놓고 그 앞을 노랑색 커튼으로 가린 것이다. 훈은 맞은쪽 벽에 걸린 모나리자의 초상으로 눈을 옮기며 피식 웃는다.

뒤 창문 밖에서 부채질하는 소리가 들린다. 이제부터 풍로에 불을 피워 가지고 커피를 달일 판이다. 어쩐지 미안한 생각이 든다.

안방 문이 조용히 열린다. 주인이 나온다. 마룻바닥에 발을 질질 끌며 한 걸음 한 걸음 이리로 걸어온다.

그는 눈을 못 보는 것이다.

"이 선생님이슈?"

그는 훈의 테이블 가까이까지 와서 서며 두 손을 내밀어 불안스레 허공을 더듬는다. 훈은 얼른 그의 한쪽 손을 잡는다. 여자의 손처럼 연한 손이다.

가락가락 긴 손끝에 뾰족한 손톱이 곱기까지 하다.

"오래간만에 오셨군요."

"앉으슈."

훈은 새삼스레 주인의 얼굴을 건너다본다. 반듯한 이마에 두서

너 오라기 머리카락이 길게 흘러 내렸다. 까만 눈썹 밑에 사뿐히 감은 두 눈의 긴 살눈섭('속눈썹'의 북한어)이 슬프다. 쪽 곧은 콧날에 조각처럼 단정한 입술, 표정을 잃은 그 입술은 결코 웃어 본 일이 없는 입술 같다.

“별일 없지요?”

“그저 그렇게.”

그가 그저 그렇게 지내고 있다는 것은 훈도 안다. 그 어떤 추억을 약처럼 갈아 마시며 외롭고 슬프게 그저 그렇게 살아가는 그들 부부.

훈은 어제 저녁에도 그 〈집시의 달〉을 들었다.

두 등대에 불이 들어와 청홍(靑紅)의 물댕기를 길게 수면에 드리울 때, 고요한 밤하늘에 수문(水紋)처럼 번져 나가는 색소폰 소리, 자꾸 자꾸 그의 상념을 옛날로 옛날로 밀어 세우는 그 서러움에 목쉰 소리. 밤마다 흐느껴 흐르는 그 색소폰 소리를 들으면, 누가 부는 것인지도 모르는 대로 그는 자기 방 마루 기둥에 기대앉은 채 별이 뿌려진 밤하늘을 우러러 꼼짝도 할 수 없었다.

그러던 어느 날 훈은 다방 한구석 자리에 은빛 색소폰을 어루만지고 있는 장님을 보았다. 그 사람이 바로 다방 주인이었다. 훈은 놀랐다. 그러나 곧 그럴 게라는 생각이 들었다. 옛 친구를 만난 것처럼 둘이는 가까워졌다.

그러게 훈이 때때로 이 허줄한(헐고 너절한. 보잘것없이 초라한) 다방을 찾아오는 것은 그 여인이 풍로에 부채질을 해가며 달여다 주는 사탕물 같은 커피를 마시기 위함이 아니다.

이제 칠 년 섬 생활에 완전히 표백된 마음 한구석에 그래도 어쩌다 추억의 그늘이 스며들 때면 왜 그런지 지금 그의 앞에 고요히 감은 그 슬픈 긴 살눈섭이 보고 싶어지는 것이다.

붕부웅.

멀리서 기적소리가 솜처럼 부드럽게 들려온다.

"벌써 저녁때군요."

엷은 회색 스웨터 주머니에 두 손을 찌르고 앉은 주인이 가만히 얼굴을 든다.

"그렇군요."

훈도 따라서 눈을 든다. 아직 연락선은 보이지 않는다. 지금쯤은 저 앞의 벼랑 밑을 돌고 있을 게다. 통통통통 기관 소리가 포구의 맑은 공기를 흔든다.

훈은 건너편 자기 집으로 멀리 시선을 돌린다.

과연 그의 집 대문 옆 소바우 위에는 빨간 스웨터가 앉았다.

종은 배를 참 좋아한다. 아침에 연락선이 떠날 때나 저녁에 이렇게 연락선이 돌아 들어올 때면 종의 위치는 언제나 그렇게 소바우 잔등으로 정해진다. 방안에 앉아서도 창문으로 빤히 보이는 것이었지만 부웅 하고 고동이 울리기만 하면 밥을 먹다가도 술을 던지고 대문 밖으로 뛰어나간다. 그러고는 소바우 위에 가 다섯 살짜리치고는 너무나 조숙한 포즈로 앉는다. 두 무릎을 앞에서 세워 가슴에 안고 그 두 무릎 위에 턱을 딱 올려놓고, 고렇게 얄미운 자세로 종은 눈도 깜빡 않고 연락선을 지켜보는 것이다.

아침에 연락선이 육지를 향해 떠날 때면, 붕 소리를 지르며 부두를 밀고 나온 배가 포구 한가운데를 돌아 커다랗게 원을 그리며 선체를 바로잡아 가지고, 두 등대 사이를 조심스레 빠져나가 저만치 왼쪽으로 머리를 돌려 흰 파도가 항상 그 발부리를 씻고 있는 벼랑 밑을 돌아 배꼬리에 달린 태극기가 감실감실 사라지고 또 한 번 꿈속에서처럼 멀리 고동 소리만이 들려올 때까지.

또 오후 네 시 반이면 돌아 들어오는 배가 아침에 사라지던 그 벼랑 밑으로 코를 쑥 내밀며 붕 하고 고동을 울린다. 그러면 종은 어데서 무엇을 하고 있든지 곧 수평선을 향해 선다. 잠깐 동안 귀를 기울인다. 쿵쿵쿵쿵 기관 소리가 간지럽게 들린다. 종의 두 눈은 반짝 빛을 발한다. 그러고는 무슨 마술이나 걸린 애처럼 달린다. 소바우 잔등에 가 앉는다. 언제나 꼭 같은 자세로.

연락선이 두 등대 사이를 미끄러져 들어와 종의 앞에서 크게 원을 그으며, 손님을 맞을 사람들은 빨리 부두로 모이라고 이르기나 하듯 감나무 잎이 파르르 떨리도록 한 번 더 크게 고동을 울린다.

배가 흠썬 부두에 가 멎자 밧줄이 부두에 던져지고 널판이 배 옆구리에 걸쳐지고 그 위를 제법 파랗고 빨갛고 한 새 옷자락에 육지의 냄새를 묻혀 온 선객들이 섬에 내려선다. 짐짝들이 굴러 떨어진다. 한참 복작거리던 사람들이 다 흩어져 간 뒤 빈 부두에 갈매기만이 너더댓 마리 깩깩 외마디 소리로 울며, 흠실흠실 아직 숨이 덜 가라앉은 연락선 굴뚝을 날아돌고 있을 때까지 종은 꼼짝도 않고 어느 동화 속의 소년처럼 꿈을 보는 것이다.


연락선이 부두에 닿자 제법 기쁨 같은 것이 흥성거린다.

훈은 물끄러미 부두를 내려다보고 앉았고, 그의 앞에 앉은 다방 주인은 고개를 약간 뒤로 젖힌 자세로 감은 눈 속에 그 어딘가 먼 곳을 보고 있다. 둘이는 아무 말도 하지 않는다. 조용하다.

"선생님 아드님은 여전하군요. 고것 봐. 얄미워."

커피잔을 받쳐 들고 온 여인이 창밖을 내다보며 말한다.

훈은 다시 건너편으로 눈을 돌린다. 빨간 점 옆에 꺼면 점이 하나 늘었다. 종이 바둑이를 안고 있는 것이다. 아마 바둑이는 지금 그 보기에만도 징그러운 하얀 이빨로 종의 조그마한 손을 잘근잘 근 씹고 있을 게다. 그건,

"아버지, 입에 손을 넣어도 물지 않는다!"

하며 신기해는 하면서도 그래도 늘 어떤 불신을 손끝에 모으며 오 랫동안 시험해 온 뒤에 비로소 맺어진 그들 둘만의 우의니까.

"저도 봅니다."

"……?"

"연락선의 고동 소리를 들으면 저도 저 바우 위에 두 무릎을 딱 안고 앉은 소년의 모습을 볼 수 있지요."

다방 주인은 그 유난히 긴 손가락으로 창밖을 멀리 가리킨다. 그의 손끝은 마치 눈 뜬 사람의 그것처럼 정확히 맞은편 한 점을 지시하고 있다. 훈과 여인의 눈이 잠깐 서로 부딪친다.

"그놈은 배를 참 좋아합니다."

"배를요? 제가 색소폰을 좋아하는 것처럼…… 그도 무언가 그 리운 게 아닌가요?"

"이 섬에서 나서 이 섬에서 자란 앤걸요, 뭐."

"그렇지만 저 콜럼버스같이."

"콜럼버스같이?"

여인은 둘의 대화를 들으며 스푼으로 남편의 찻잔을 젓고 있다. 보동한 손이 여윈 손을 끌어다 찻잔을 쥐어 준다.

나흘 있으면 추석이다. 바람이 분다. 파도가 거세다. 집채 같은 파도가 와와 소리를 지르며 밀려든다. 방파제를 때리고 부서진 파도가 허옇게 거품이 되어 등대 꼭대기를 넘는다. 훈네 집 앞 돌길은 완전히 바다 속에 잠겼다. 포구 안에는 쫓겨 들어온 어선들이 서로 어깨를 비비고 있다. 포구 가장자리에도 파도가 한 길은 넘게 행길 위로 추어 오른다.

이틀 후에야 파도는 갔다. 수평선이 더 가깝다. 지구가 그 회전을 멈추기나 한 것같이 고요하다.

훈은 학교로 나갔다. 파도로 해서 돌길이 말이 아니다. 소방서 앞 행길 가운데 떡돌(떡을 칠 때에 나무판 대신으로 쓰는 판판하고 넓적한 돌)만큼이나 큰 바위가 밀려 올라와 있다. 포구 가장자리의 큰 길은 홍수를 치르고 난 뒤 같다.

훈은 학교 사환애에게서 슬픈 소식을 들었다.

다방 '갈매기' 의 부부가 죽었다는 것이다.

그 파도가 무섭던 날 밤, 밖에 나왔던 다방 주인이 잘못하여 물에 휩쓸려 들어가자 그를 구한다는 게 그만 부인마저 빠졌단다.

훈은 수업을 하면서도 문득문득 눈을 창밖의 바다로 띄웠다. 그때마다 훈은 꼭 껴안고 물로 뛰어드는 젊은 부부를 생각했다.

그러나 아마도 그들의 과거를 모르던 것처럼 또 이젠 아무도 그들의 죽음의 진상을 모른다.


추석날 오후다. 훈은 마루에 앉아 담배를 피우고 있었다. 여느 날보다 일찍 서 노인이 들렀다. 새 옥양목(玉洋木:생목보다 발이 고운 무명) 적삼을 입었다.

"선생님, 아들이 왔습네다."

밑도 끝도 없는 말이다. 훈은 통 알 수가 없다.

"아들이 왔습네다!"

재차 아들이 왔노라고 하는 서 노인의 늘어진 눈시울에 눈물이 글썽 괸다.

"아들이라니요?"

"네, 아들이 있습네다."

훈은 서 노인을 따라 대문 밖으로 나갔다. 거기 젊은 군인이 군모를 벗어 들고 서 있다. 눈이 서글서글 큰 군인은 발을 모두어 서며 꾸벅 절을 한다. 작업복 깃에 육군 대위 계급이 빤짝한다.

"여러 가지로 감사합니다."

훈은 그저 서 노인과 군인의 얼굴만 번갈아 본다.

"전연 모르고 있었습니다. 돌아가신 것으로만 알고 있었습니다."

군인은 면목 없다는 듯이 또 한 번 머리를 숙인다.

단둘이 살다 아들이 국민방위군에 소집되어 나갔더란다. 후에 돌아가 보니 집은 잿더미가 되었고 아무도 서 노인의 행방은 모르더란다. 그 후 찾기도 무척 찾았단다. 그러나 그건 그저 기적을 바라는 마음에서였다고 한다. 그런데 그 기적이 바로 한 시간 전에 일어났다는 것이다.

이 섬의 경비를 맡아 파견된 아들이 배에서 내려 지프차를 타고 시장 앞 다리를 건너던 때란다. 길에 사람들이 꽉 모여 섰더란다. 차를 세웠다.

물에 빠져 죽은 시체를 건졌다는 것이다. 아들은 차에서 내렸다. 아버지를 잃은 뒤로는 어쩐지 횡사한 시체를 꼭 들여다보게 된 그였다. 그런데 그건 젊은 부부의 시체더란다. 그는 커다란 안도감과 함께 그 어떤 엷은 실망을 느끼며 돌아섰단다. 그때 바로 앞에, 그는 기적과 마주섰더란다.

"참 잘됐습니다. 잘됐습니다."

훈은 그저 잘됐다고만 한다.

그 길로 서 노인은 떠났다. 한 십 리 떨어진 곳에 있는 아들의 부대로 가는 것이다.

큰길에까지 배웅을 나간 훈과 종과 또 박 노인과 김 노인이 늘어 선 앞에 지프차 뒷자리에 올라앉은 서 노인은 얼빠진 사람 모양 말이 없다.

"그럼, 또 곧 찾아뵙겠습니다."

군인이 거수경례를 한다. 영문을 모르는 종은 아까부터 군인만 빤히 쳐다본다. 부르릉 엔진이 걸린다. 군인이 운전수 옆자리에 올랐다. 마악 차가 움직이는 때다. 서 노인이 황급히 목을 차 밖으로 내민다.

"선생님! 애기 잘 있어라. 다람쥐 도토리는 뒷산에…… 아니, 산엔 가지 마. 그러구 박 노인, 김 노인……."

지프가 언덕길을 넘어간다. 돌아서는 종의 스웨터 양 호주머니엔 정말 알이 든 캐러멜이 한 갑씩 꽂혀 있다.


땅거미가 내리깔리자 등대에 불이 켜졌다. 오른쪽에는 빨간 등, 왼쪽에는 파란 등. 긴 물댕기가 가물가물 움직인다. 달이 뜬다. 그 청홍 두 개의 등 바로 가운데로 수평선에 달이 끓어오른다. 멀리 아주 멀리 금빛 파도가 훈의 가슴을 향해 달을 굴려 온다.

딸애가 라디오의 스위치를 넣었나 보다. 무슨 드라마의 끝인가 기차가 들을 지나가는 소리가 들린다.

"누나, 누나, 이것 기차지?"

"그래."

"기차는 배보다 커?"

"그럼! 바보."

"배보다 빨라?"

"그럼!"

"연락선보다도?"

"그럼!"

"경비선보다도?"

"그럼! 바보야."

"누난 기차 타 봤어?"

"그럼!"

두 살 때 피난길에 화물차 꼭대기를 탄 제가 무슨 그때 기억이 있다고 그래도 뽐낸다.

"나도 기차 타 봤음!"

밖에 어두운 마루에 앉아 애들의 대화를 듣고 있는 훈은 담배를 꺼내 문다.

‘콜럼버스같이……’

  마당으로 내려선다. 바둑이가 마루 밑에서 기어 나온다. 어느 새 달은 꽤 높이 솟아올랐다. 가는 구름이 둥근 추석 달에 가로걸렸다. 어데선가 색소폰의 그 목쉰 소리가 들려오는 것 같다. 집시의 달.

  훈은 맞은쪽을 건너다본다. 언제나 빤히 불이 켜져 있던 그 이층 창문은 캄캄하다. 어쩐지 이제 자기도 이 포구를 떠나가야만 할 것 같은 생각이 든다. 그는 다시 달을 향해 선다. 밤에 어디로 가는 것일까, 갈매기가 두 마리 훨훨 달을 향해 저 앞으로 날아간다.

# 이범선

작가 이범선(李範宣)은 1920년 평안남도 신안주의 한 유복한 집안에서 태어났다. 1938년 진남포공립상공학교를 졸업하고 평양에서 은행에 근무하다가 해방 후 월남한 대표적인 월남 작가이다. 1955년 김동리의 추천을 받아 당시 가장 유명한 문예지였던 《현대문학》에 단편 〈암표(暗票)〉와 〈일요일〉이 실림으로써 문단에 데뷔했다. 이었다. 일생 작가로서의 생활과 교사로서의 생활을 병행하면서 비교적 비정치적인 정갈한 생애를 살았다.

그의 작품 세계는 크게 세 가지 유형으로 전개되었다고 볼 수 있다. 초기에는 전후문학(戰後文學)의 전형적 속성을 보여주는데, 전쟁 후 폐허가 된 사회에서 살아가는 이들의 어두운 내면을 묘파하였다. 중기에는 그의 대표작이라고 할 수 있는 사회의식이 담긴 리얼리즘 문학을 본령으로 삼고 있다. 후기에는 인간 존재에 대한 깊은 탐색으로 전환하여 궁극적인 삶의 의미를 묻고 있다.

초기의 세계를 대표하는 작품으로는 〈학마을 사람들〉과 〈갈매기〉 등을 들 수 있다. 여기서 작가는 생활 체험을 근간으로 하여 전후 사회와 그 시대를 살아가는 이들의 어두운 내면을 집중적으로 보여주었다. 가령 〈학마을 사람들〉과 〈갈매기〉는 서정적이고 시적인 문체를 통해 전후 시대의 생활을 묘사하고, 나아가 당대를 감싸고 있던 폭력성을 우회적으로 비판하였다.

중기의 세계를 대표하는 작품으로는 〈피해자〉와 〈오발탄〉, 〈춤추는 선인장〉 등을 들 수 있다. 작가의 현실 인식이 두드러지는 시기라고 할 수 있다. 전후 사회를 심층에서부터 탐색하여 사회의 비정성을 리얼리즘의 기법으로 풀어헤치고 있다. 여기서 작가는 사회적으로 소외된 이들의 생활 경험을 사실적으로 보여주고 있고, 사회적 암울함이나 종교의 모순을 집중적으로 파헤치고 있다. 특히 〈오발탄〉은 전후문학 가운데서도 매우 독특한 작품 세계를 보여주어, 이범선을 일약 대표적인 전후 작가의 반열에 오르게 한다.

후기 세계를 대표하는 작품으로는 〈냉혈동물〉, 〈삼계일심〉, 〈밤에 핀 해바라기〉 등을 들 수 있다. 여기서 작가는 인간의 궁극적 모순을 탐구하면서 존재론적 회의가 담긴 휴머니즘 경향을 이어간다. 가령 〈밤에 핀 해바라기〉는 월남하여 결혼한 부인과 나중에 뒤를 따라와 가정부로 있는 본처 사이에서 겪는 주인공의 갈등을 담아, 분단의 아픔을 간접적으로 보여주었다. 하지만 이 경향은 이범선 문학의 새로운 모습으로 발전하지 못하였고, 우리는 그를 가장 대표적인 전후문학의 기수로 기억하게 된다.

이범선 문학은 전체적으로 휴머니즘에 바탕을 둔 인간 탐구의 문학이라고 정리할 수 있다. 그가 소설 속에서 형상화하고 있는 인물들은, 현실에 살고 있으면서도 거기에 맞서기보다는 아름다웠던 과거를 회상하기를 즐겨하고 최후의 양심 때문에 괴로워하는 수동성을 지닌다. 그 회상과 양심을 통해 그들은 새로운 삶을 열망하지만, 사회의 폭력성으로 인해 파멸로 삶을 마감한다. 그래서 그의 소설은 리얼리즘 문학 가운데 이념적이고 저항적인 색채가 아니라 세태를 충실하게 재현하고 사회적 약자의 생태를 옹호하는 경향을 보여주는 것이다.

이범선은 1958년 현대문학 신인상, 1961년 동인문학상, 1970년 월탄문학상 등 다수의 문학상을 수상하면서 대가적 품격을 성취하였다. 1982년 뇌일혈로 타계하기까지, 단편소설집 《학마을 사람들》(1958), 《오발탄》(1959), 《피해자》(1963), 《표구된 휴지》(1976), 《두메의 어벙이》(1982), 장편 《밤에 피는 해바라기》(1975), 《검은 해협》(1978), 《흰 까마귀의 수기》(1979), 수필집 《전쟁과 배나무》(1975) 등을 상재하였다. 소설 작품은 모두 80여 편을 남겼다.

**작품해설**

# 휴머니즘에 바탕을 둔 인간 탐구의 문학

유성호 | 문학평론가, 한양대 국문과 교수


이범선은 전후 작가들 가운데 비교적 수작(秀作)을 많이 발표한 작가이다. 그의 작품들은 한결같이 단단한 문장과 충실한 묘사 그리고 강렬하고도 일관된 주제 의식으로 전후 문단을 크게 발전시키는 데 기여하였다. 그를 일급의 전후 작가로 기억하게끔 한 그의 대표작으로 우리는 〈학마을 사람들〉(1958), 〈갈매기〉(1958), 〈오발탄(誤發彈)〉(1959) 등을 들 수 있는데, 그 세계는 휴머니즘에 바탕을 둔 인간 탐구의 문학으로 정리할 수 있을 것이다.

먼저 〈학마을 사람들〉은 전쟁의 아픔과 역사의 폭력성, 그리고 그것을 꿋꿋이 이겨내는 이들의 아름다운 정신세계를 담고 있는 초기 이범선 문학의 대표작이다. 이 작품은 '학(鶴)'의 생태를 마을의 운명으로 비유하면서, 일종의 운명론적 태도와 속신(俗信) 사상을 동시에 기반으로 하고 있다.

학마을 사람들은 '학'을 마치 신적(神的)인 존재로 믿는다. 학이 마을에 날아오면 길운을 띠었지만, 날아오지 않으면 한 해 내내 불행에 시달린 경험을 가지고 있기 때문이다. 특히 나라를 빼앗긴 후 36년 동안은 학이 날아오지 않았다. 매년 학이 날아 들어와 '학마을'이라 불리던 이 마을에 그 자취가 끊긴 것이다. 그러나 드디어 학이 날아와 그 해에 우리 민족은 해방을 맞는다. 여기서 우리는 '학마을'이 시골의 두메 마을에서 '민족' 전체로 그 의미가 확장되고 있음을 알 수 있다. 그러던 어느 해, 나무에서 학 한 마리가 떨어져 죽더니 전쟁이 터진다. 그때 마을에서 사라졌던 바우가 인민군이 되어 돌아온다. 바우에 의해 농민들은 반동으로 몰리게 되고, 바우가 학을 사살함으로써 마을에는 전에 없던 수난이 닥친다. 하지만 전쟁이 끝나고 덕이와 마을 사람들이 이장과 박훈장의 장례를 치르고 마을로 내려올 때에 봉네의 손에 조그만 애송나무 한 그루가 들려 있게 됨으로써 소설은 잔잔한 전망을 남긴다.

전지적 작가의 시점으로 그려낸 이 작품은, 민족의 수난사를 극복하려는 열망을 담고 있다. 전쟁과 평화, 분단과 통일의 상징을 '학'이라는 대상에 담아 풀어냄으로써 속신 사상을 보여주기도 하는 이 소설은 단편에서는 좀처럼 다루기 어려운 긴 시간을 담고 있다. 한일합방 이전부터 전쟁에 이르는 긴 역사가 전개되는 것이다. 그럼에도 불구하고 이처럼 긴 시간이 단편 안에서 훼손되지 않고 집중력 있게 재현되는 힘을 갖고 있다. 전체 구조를 압축시켜주는 '학'의 이야기가 모든 사건을 지배하고 있기 때문이다.

이 작품은 철저하게 샤머니즘적인 사상을 기반으로 한다. '학나무'는 마을 중앙에 있으면서 하늘과 인간을 연결하고 있고, 마을의 신화를 이어간다. 또한 '애송나무' 역시 다시 이 마을에서 삶이 이어질 것을 암시한다. 그래서 그들은 무력해 보이지만 역설적으로 강인한 신화 속에서 살고 있는 것이다. 결국 이 작품은 폐허에 노출되어 있던 전후 사회에 '평화'에 대한 의지를 형상화한 대표작으로 남아 있게 된다.

다음으로 〈갈매기〉는, 서정적이고 시적인 문체를 통해 전후 시대의 생활을 묘사하고 있는 아름다운 단편이다. 작가가 1951년부터 경남 거제에서 수년간 교사로 재직하던 경험을 바탕으로 씌어진 소설이다. 이 작품에 나타나는 목가적 이미지와 서정적 필치는 사회적 모순보다는 인간의 비극적 원형에 초점이 가 있다고 할 수 있다.

주인공 '훈'은 한 외로운 섬에서 교사로 일하고 있다. 참으로 단순한 생활이다. 아침에 일어나면 바둑이가 그의 고무신 뒤축을 물고 암탉이 감나무 잎을 쪼고 있다. 조반이 끝나면 훈은 가방을 들고 초등학생인 딸과 함께 대문을 나온다. 바둑이가 배웅을 하고 집으로 들어가면 아내와 아들은 바둑이를 앞세우고 문안으로 들어간다. 그야말로 자연과 인간이 어울려 있는 원초적 통일의 풍경이 아닐 수 없다. 그런데 거기에 두 가지의 인간적 삽화가 개입한다.

하나는 훈의 집에서 가까운 데 있는 초라한 오막살이의 노인들이다. 이들 노인은 나이가 육십이 다 된 동년배들인데 종일 바다만 바라보며 지낸다. 그중에서 '서 노인'은 다람쥐를 훈의 아들에게 주기도 하고 도토리를 가득 채워 주기도 한다. 이후 서 노인의 아들이 섬으로 아버지를 찾아와 서 노인은 섬을 떠나게 된다. 전쟁으로 인한 수난의 가족사가 무심한 삽화처럼 펼쳐지는 순간이다.

다른 하나는 '갈매기'라는 이름의 다방 주인 부부이다. 주인 남자는 장님이었고 훈은 그들 부부가 외롭고 슬프게 살아가는 것을 안다. 그런데 어느 날 엄청난 파도가 밀려들어왔고 훈의 집 앞 돌길은 완전히 바다 속에 잠겼다. 이틀 후에 파도는 잠들고 훈은 그들 부부가 죽었다는 소식을 접한다. 파도가 무섭던 날 밤, 밖에 나왔던 다방 주인이 잘못하여 물에 휩쓸려 들어가자 그를 구한다는 게 그만 부인마저 빠졌다는 것이다. 훈은 꼭 껴안고 물로 뛰어드는 젊은 부부를 생각한다. 그러면서 이제 자기도 이 포구를 떠나가야만 할 것 같은 생각이 든다. 순간 갈매기 두 마리가 달을 향해 저 앞으로 날아간다.

이 작품에서 '갈매기'는 바닷새인 동시에 다방의 이름이다. 그곳은 영원한 안식처가 아니라 떠도는 이들이 잠시 머무는 곳이다. 그리고 날아가는 갈매기는 그들 삶의 유랑성을 상징한다. 비교하자면, '학마을'이 사람들의 궁극적 귀환의 처소였다면 '섬'은 피난처요, '학'이 속신의 대상이었다면 '갈매기'는 인간의 비극을 함축하는 것이다.


마지막으로 〈오발탄〉은 전쟁 후 북쪽의 고향을 떠난 월남 가족의 비극적 생을 보여주는 걸작이다. 이 작품 안에는 전후 한국 사회에서 살아가는 뿌리뽑힌 자들의 고통과 비정한 현실이 담겨 있다. 특히 제목 '오발탄'은 전후의 비극적인 삶과 혼란스러운 사회상을 상징적으로 함축하고 있다.

주인공 철호는 계리사 사무실 서기이다. 그는 정신 이상이 된 어머니와 만삭의 아내, 제대 군인인 동생 영호, 양공주가 된 동생 명숙과 함께 산다. 다 쓰러져가는 판잣집에 들어서면 어머니는 으레 "가자!" 하는 소리를 반복한다. 전쟁 때문에 돌아갈 수 없다고 수없이 말했지만, 어머니는 그 반복을 멈추지 않는다. 영호는 자

기 방식대로 마음대로 살겠다고 집을 나가 권총 강도를 하다가 붙
잡힌다. 경찰서에 들렀다가 철호는 아내가 위독하다는 소식을 듣
고 명숙에게 돈을 빌려 병원으로 가지만 아내는 죽는다. 철호는
자신이 어디로 가야 할지를 몰라 방황한다. 그러다 갑자기 치통을
느끼고 의사의 만류에도 불구하고 충치를 모두 뽑는다. 그리고 깊
은 절망과 상실감에 빠진 가운데 택시를 타고 어디든지 아무 데나
가자고 외친다.

> 아들 구실, 남편 구실, 아비 구실, 형 구실, 오빠 구실, 또 계리사 사무실 서
> 기 구실, 해야 할 구실에 너무 많구나. 그래 난 네 말대로 아마도 조물주의
> 오발탄인지도 모른다. 정말 갈 곳을 알 수가 없다. 그런데 지금 나는 어디건
> 가긴 가야 한다.

철호는 숱하게 행선지를 바꾸면서 혼란에 빠진다. 택시는 목적
지도 없이 달려가고 철호는 선지 같은 피를 흘리며 정신을 잃는
장면에서 소설은 끝을 맺는다.

이 작품의 주제는 고향으로 돌아가자는 어머니의 '가자!'와 주
인공이 마지막 말하는 '가자!' 사이에 있다. 어머니의 '가자!'가
분단 이전의 고향을 상상 속에서 열망하는 목소리라면, 철호의
'가자!'는 방향을 잃은 전후 사회의 비극성을 잘 보여주기 때문이

다. 이처럼 이 소설은 비극적 허무주의를 바탕으로 하면서, 전후의 암담한 현실을 고발하고 있다. 하지만 우리는 이 작품을 통해 불행한 상황 속에서도 인간이 어떻게 자신의 살아낼 수 있는가를 형상화하고 있는 적극성을 읽어낼 수도 있을 것이다.

이 작품은 1961년 유현목 감독에 의해 영화화되어, 전쟁 후의 대안 없는 암울한 사회상과 그 속에서 고통받는 사람들의 모습을 절제된 리얼리즘으로 완성한 바 있다. 소설과 영화를 통해 한국 사회의 어두운 폐부를 잘 드러낸 전후 최대의 단편이라고 할 만한 작품인 것이다.

이처럼 이범선은 민족 공동체의 정체성을 질문하고 인간의 비극적 원형을 탐구하고 나아가 전후 사회의 폭력성과 폐허를 작품 세계에 담음으로써, 휴머니즘에 바탕을 둔 인간 탐구의 문학을 아름답게 보여준 전후의 대표적인 작가라고 할 수 있다.

**유성호** | 문학·평론가. 연세대 국문과 및 동대학원 졸업을 졸업했으며, 현재 한양대 국문과 교수이다. 저서로 《상징의 숲을 가로질러》, 《침묵의 파문》, 《현대시 교육론》 등이 있다. 현재 계간 『문학수첩』 편집주간, 계간 『시작』 편집위원으로 활동하고 있다.